상처받고
싶지않은
내   일

상 처 받 고
싶 지 않 은
내   일

심규진 지음

인디

상처받고
싶지않은
내일

초판 1쇄 발행 2018년 4월 20일

지은이 심규진 / **펴낸이** 이근미 / **펴낸곳** 이다북스 / **기획** 조일동

출판등록 제312-2013-000012호(2013년 3월 13일)

주소 서울시 마포구 양화로 56, 1114호 (서교동, 동양한강트레벨)

전화 070-7560-9294 / **팩스** 02-333-0552 / **이메일** design_eda@naver.com

홈페이지 www.edabooks.co.kr / **페이스북** www.facebook.com/edabooks

인스타그램 www.instagram.com/edabooks

인쇄 및 제본 상지사P&B / **용지** 영은페이퍼 / **배본** 신영북스

ISBN 979-11-86827-32-1 03810

이 도서의 국립중앙도서관 출판예정도서목록(CIP)은 서지정보
유통지원시스템 홈페이지(http://seoji.nl.go.kr)와 국가자료공동
목록시스템(http://www.nl.go.kr/kolisnet)에서 이용하실 수 있
습니다. (CIP제어번호: CIP2018010366)

상처뿐인 삶이지만 내일은

오겠지

✳

퇴근 후 글을 씁니다.

잘 쓰진 못하지만 솔직하게 쓸 수 있습니다. 좋은 단어나 문장을 생각하기 위해 안간힘 쓰지 않습니다. 그래 봐야 저 같은 평범한 직장인에게 이변은 일어나지 않기 때문이죠. 그래서 좋습니다. 머릿속에 떠오르는 것들을 고스란히 담으면 되니까요. 물론 심하게 야근한 날에는 피곤에 절어 아무것도 생각나지 않습니다. 새하얀 종이에 하얀색 펜으로 그림을 그리는 기분이랄까요. 그래도 포기하지 않고 휘갈겨 봅니다. 제게 허락된 하루는 소중하니까요.

이 책은 제가 일상에서 경험하고 느낀 것을 정리한 것입니다. 더 솔직하게 말하면 상처 받았던 과거를 이겨내기 위해 몸부림쳤던 순간들을 기록한 것입니다. 애초부터 글을 썼던 건 많은 사람들과 제 생각을 공유하고 싶은 마음이 컸기 때문입니다. 생각의 교류가 서로에게 영감을 주고 또 다른 행복을 발견할 수 있다고 믿고 있습니다. 어쩌면 서로의 상처까지 치유해 줄지도 모르는 일이죠.

너무 구체적인 제 개인사 때문에 자칫 마음이 불편할 수 있는 분들을 위해 미리 사과드립니다. 제 손가락에 여과 기능이 없어서 쓰다 보니 서둘러 앞서간 것도 있습니다. 하지만 제 솔직함으로 누군가에게 자신의 삶을 돌아볼 수 있는 기회가 된다면 저는 앞으로도 계속 솔직해지려 합니다.

퇴근 후 글을 쓸 수 있도록 항상 응원해 주는 지연이에게 이 책을 바칩니다.

차 례

✳

3장 __ 꿈꾸는 날을 나무라지 마라

에필로그

당신을 대신해 쓴맛과

마주한다

하 나 ,

상 처 받 고
싶 지 않 은
내 일

한 숨
버 릇

ㅅ
ㅅ

어떻게 해야 할지 모를 때 한숨을 쉰다.

정확히 말하면, 앞이 막막하고 용기가 나지 않을 때 한숨이 고개
를 내밀고 입 밖으로 스멀스멀 새어 나온다. 어떤 경우에는 땅이
꺼질 정도다. 이런 한숨은 나한테만 작동하는 줄 알았다. 한숨을
내뱉으면 그 순간만은 위기에서 탈출하는 기분이 드니까. 한숨의
대가로 얻어진 '시공을 초월한 자유함'이 오래가지 못해서 때로
는 돈을 지불하고서라도 더 누리고 싶은 마음이 든다.

담배를 피울 때 비슷한 기분이 들까? 불행인지 다행인지 난 여태껏 담배를 피워 본 적이 없어서 그 상황과 기분은 정확히 모른다. 하지만 담배를 만나는 순간만은 니코틴이 정신을 맑게 해준다는 것 정도는 귀동냥 삼십 년째이니 잘 알고 있다.

어느 순간부터 나는 담배 대신 한숨을 피웠다. 시도 때도 없이 피운다는 걸 최근에 알았다. 그리고 주변 사람들이 한마디씩 건네기 시작했다. "왜 이렇게 한숨을 쉬어?", "나까지 힘 빠지게 한숨은……", "아직 젊은 놈이 한숨 쉬기는……", "혹시 자신도 모르게 한숨 쉬고 있다는 거 알아?"

이렇게나 한숨에 중독되어 있었다니. 하루에 한숨을 몇 번이나 쉬는지 세어 보니 삼십 번은 족히 넘었다. 어떤 때는 한숨이 새어나올 때 도로 삼킨 적도 있다. 한숨 나오는 상황을 없애야 할 텐데 미봉책으로 한숨마저 참아 횟수를 줄이려 하고 있으니 내 자신에게 해서는 안 될 짓이라는 생각이 든다. 이런 상황이 한탄스러워 다시금 한숨이 나온다. 한숨을 피운다. 연기는 나지 않지만 스트레스의 찌꺼기들이 공중에 떠다니는 게 보인다.

이 버릇은 고쳐야 할까, 누려야 할까?

세 상 에 서 가 장

달 콤 한 순 간

∧
∧

수요일쯤 되면 어깨에 벽돌이 얹혀 있다. 이놈의 돌덩이는 여간해서는 꿈쩍도 하지 않는다. 주먹으로 치고 뜨거운 물로 부식시키려 해봤자 소용없다. 이를 두고 뭉쳤다고 표현하기보다 굳었다고 해야 더 정확할 것이다.

그래서 종종 회사 점심 식사를 포기하고 눈을 붙이곤 한다. 그날도 점심시간이 되자 지하 주차장으로 몰래 이동해 내 차로 걸어갔다. 차 문을 열고 들어가려는데 이게 웬일인가. 차에 이미 시동이

걸려 있는 게 아닌가. 놀라서 시동을 끄려고 재빨리 운전석에 앉았는데 이상하게도 더 이상 엔진 소리가 들리지 않았다. 차는 휴면 상태였고 블랙박스 전원에만 불이 들어와 있었다.

너무 피곤해서 환청이 들리는가 싶어 차 밖으로 다시 나오니 차량 엔진 소리가 여전히 들렸다. 내 차는 아니라는 확신으로 주변을 돌아보니 건너편 차가 흔들리고 있었다. 운전석 의자가 뒤로 끝까지 젖혀진 채 한 남자가 자고 있었는데, 자세히 보는 실례를 무릅쓰고 가까이 가서 보니, 점퍼로 몸을 감싸고 있었고 얼굴은 나와 비슷한 연배로 추정되었다.

한참을 그렇게 바라보고 있었다. 거울 속 내 모습을 보듯 가슴이 답답해졌다.

다시 내 차로 돌아와 잠을 청했지만 눈이 말똥말똥해졌다. 순간의 단잠으로 하루를 버텨 내야 하는 일상의 무게가 가슴을 짓눌렀다. 심호흡을 하고 눈을 감았다. 내가 잠들면 혹시 나를 보고 지나가는 사람들이 어떻게 생각할까?

누군가의 눈에 덜 띄기 위해 춥지만 시동을 걸지 않기로 했다. 히터를 켤 수는 없었지만 건너편 남자의 온기가 전해지는 듯했다.

갑자기 오후에 처리해야 할 업무가 생각났고 휴대 전화를 만지작거렸다. 당장 사무실로 갈까? 조금 쉴까? 잠을 잘까? 그러다 소

스라치게 놀라며 눈을 떠 보니 삼십 분이 지나 있었다. 건너편 차
량의 시동이 꺼져 있었고, 점심시간은 종료되었다.

그는 열심히 일할 것이며, 나는 최선을 다할 테지. 그렇게 우리는
목요일을 맞이하겠지.

다섯 번째 회사를
다닙니다

^
^

서른세 살. 다섯 번째 회사를 다니고 있다. 철새라고 놀리는 친구가 있는 반면 부럽다며 비법을 전수해 달라 하기도 한다. 그들이 보기에 나는 평범하지 않았고, 세상은 나를 사회 부적응자라며 손가락질할 것이다. 그래도 즐겁다. 직장이야 언제든지 갈아치울 단단한 내공이 생겼으니. 한 번 그만두기가 어렵지 다음부터는 일사천리다.

첫 번째는 직장 상사 때문에 사직서를 쓰기로 결심했다. 새벽에 출근해서 버스가 끊기는 시간까지 퇴근하지 않는 '사이코' 과장 때문에 내 생활이 피폐해졌다.

본인만 회사 지킴이가 되면 될 텐데 남들에게도 강요했다. 주말에 등산, 결혼식 등 각종 행사에 나를 초대했고, 못 간다고 말할 때면 왜 그렇게 가슴이 철렁했는지. 얼굴이 길쭉하고 키가 전봇대 같은 그는 술도 좋아했다. 저녁 식사를 하는데, 미친 듯이 자작하며 주변을 불편하게 했다. 내가 술을 따르려는 시늉을 하면 신경 쓰지 말라며 나를 비웃곤 했다.

퇴근 후 매일 밤 그만두는 상상을 했지만 다음날 아침이면 '사이코'의 개가 되어 이리저리 끌려다녀야 하는 내 신세가 처량했다. 다시 취업을 준비할 용기도 없었고, 어머니께 말씀드릴 변명 거리도 없었다. 수중에 백만 원만 있었더라도 사직서로 비행기를 접어 '사이코'를 향해 날려 버릴 텐데.

주말에 혼자 라면을 먹다가 내 이십 대가 너무나 불쌍해서 눈물을 흘리고, 인터넷에서 사직서의 한자를 찾아 서랍에 넣어 두었던 흰 봉투에 낙서하듯 적었다. 다음날 출근해 '사이코'에게 그것을 던지려는 순간 겁이 나서 옆자리 대리에게 살며시 내밀었다. 그것도 "죄송합니다……"라는 말과 함께.

도대체 무엇이 죄송한 건지 도무지 알 수 없었지만, 고개를 푹 숙이고 죄인처럼 그들의 판결을 기다렸다. 잠시 후 대리는 요즘 사직서는 사내 시스템으로 처리된다며, 컴퓨터로 간단히 이것저것 입력하라고 안내해 주었다.

입사를 위해 준비했던 시간들이 주마등처럼 지나갔고, 그 긴 시간들이 한 방에 끝났다. 그것도 단 사 분 만에. 왜 그렇게 간단하게 퇴사 처리가 되던지, 하루가 다르게 발전하는 기술 문명이 야속했다.

그렇게 반지하 단칸방에서 자급자족 생활을 시작했다. 차라리 빛이 들지 않는 방이 마음에 들었던 건 낮인지 밤인지 모르게 누워 있기가 편했기 때문이다. 혹여나 빛이 들어왔다면 낮인 걸 알았을 테고, 그러면 출근해야 하는 압박감을 느꼈을 것이며, 끼니를 제때 챙겨 먹어야 하는 몸의 신호에 반응해야 할지도 몰랐기 때문이다.

그러다 운 좋게 두 번째 회사를 들어갔고, 이번에는 함께 일하는 동료도 좋았고 직무도 꼭 맞는다 생각했지만 사 년이 지나자 청개구리처럼 무언가에 도전하고 싶은 욕구가 생겼다. 그렇게 또 다시 그만두었고 새로운 곳으로 옮기자마자 일 년도 채 안 되어 사직서를 냈다. 회사가 비윤리적이었고, 함께 일하는 상사가 비정상이었다.

이쯤 되자 그만두는 건 일도 아니었다. 어떻게 되겠지, 누군가는 데려가겠지, 입에 풀칠은 하겠지, 라는 확신이 들었다. 정말 풀칠만 할 수 있는 벤처 기업도 기웃거렸고 강사를 한답시고 여기저기 쏘다니기도 했다. 작가가 되겠다며 책도 멋대로 출간했다. 어느 날 사대 보험 가입 증명서를 떼어 보니 다양한 이름의 회사들이 인쇄되어 있었다. 훈장과도 같은 흔적들.

언제까지 사회생활을 할 수 있을지 모르지만, 직장인으로 성공하기는 글렀다는 걸 잘 알고 있다. 하지만 나는 스스로 어깨를 쓰다듬으며 '허망한 미래를 위해 견디지 말고, 지금의 나를 사랑하자'며 나직이 외쳐 본다.

서른세 살, 나는 다섯 번째 회사를 다니는 자랑스러운 청년이다.

메리 크리스마스

배달 크리스마스

^

^

분만실에서 처음 내 새끼를 보고 펑펑 울었다. 이것이 생명의 신
비인가. 손과 발이 어찌나 작은지 내가 걸리버가 된 듯한 기분이
었다. 아이를 감싸 안고 세상 다 가진 듯 행복한 미래를 상상했
다. 상상은 곧 돈을 요구했고, 외벌이 월급으로는 빠듯한 가정 경
제가 시작되었다. 이리 막고 저리 막아도 매월 마이너스를 면하
지 못했던 터라 손에 잡히는 일이 있다면 뭐든지 하려 했다.

퇴근 후 글을 써서 원고료를 받거나 주말에 강의 건수가 생기면
혼신을 다해 소정의 강의료를 받았다. 하지만 이런 비정기적 수

익은 가정 경제에 큰 도움이 되지 못했고, 특단의 조치가 필요했다. 그렇게 찾은 배달 대행 서비스. 친구 놈이 먼저 일하고 있던 터라 함께 가서 일을 배워 보기로 했다.

가장 여유로우면서 일손은 가장 부족한 때를 찾았는데, 크리스마스였다. 가족을 두고 다녀온다는 게 마음에 걸렸지만 가정 경제의 위기를 돌파할 수만 있다면 모두가 이해하리라 생각했다. 여전히 옹알이만 하는 하늘이마저도.

배달 기사를 위한 스마트폰 서비스에는 실시간으로 배달이 필요한 가게 리스트가 업데이트되고 있었다. 배달 기사는 원하는 가게를 선택하고 음식을 받아 주문자에게 전달하면 끝이다. 건수마다 다르지만 한 건당 수익은 평균 삼천 원 정도였다. 여기서 관리 업체에서 수수료로 이백 원에서 삼백 원 떼어 가고 기름값을 빼고 나면 약 이천오백 원 정도가 남는 구조였다. 하루 스무 건 정도를 소화하면 오만 원을 벌어 갈 수 있었다.

배달 메뉴는 각양각색이었다. 치킨, 피자는 물론 떡볶이, 족발을 비롯해 상상하는 모든 음식이 배달되고 있었다. 배달을 하면서 몇 가지 곤혹스러운 상황을 맞았는데, 첫 번째는 '먹고 싶다'였다. 가게에서 뜨끈뜨끈한 음식을 받아 이동할 때면 배달하는 내내 음식 냄새가 진동한다. 가다가 멈춰 서서 티 나지 않는 치킨 부위 한 조각을 먹고 싶은 마음이 굴뚝같은. 그래서는 안 되지만 그럴 만한 용기도 내게는 없었다.

두 번째는 억울하기도 했다. 가게에 음식을 받으러 가면 어떤 것은 주문한 지 이십 분이 흘렀는가 하면 어떤 것은 거의 한 시간이 다 된 것도 있다. 처음에 아무 생각 없이 음식을 받아 배달 갔다가 봉변을 당하기도 했다. '딩동~' 누르자마자 안에서 이미 쌍욕을 하면서 삿대질하며 문을 열어 준다. 영문도 모른 채 죄송하다는 말만 연신 반복해야 겨우 자리를 떠날 수 있다. 계속 잡히지 않던 주문을 어쩌다 맡은 배달 기사가 무슨 죄라고.

세 번째는 서러웠다. 가게에 음식을 받으러 가면 주인아주머니나 그 딸쯤 보이는 사람이 음식을 건네주는데, 종종 하대하는 눈빛인 경우가 있다. '젊은 나이에 뭐하는 짓이냐'는 듯한 표정으로. 한번은 가게 간판이 예뻐 사진 촬영을 했는데 사진을 왜 찍느냐며 핀잔을 받았다. 내가 만약 손님이었다면 그들이 그처럼 했을까.

분명 낮부터 배달을 시작했는데 금세 어두워졌다. 어두워질수록 일감은 쌓였고, 시간에 구애받지 않는 배달 기사는 새벽까지 계속 일할 수 있었다. 크리스마스 날, 집에서 나를 기다리는 가족이 생각나서 부랴부랴 귀가했다. 온기가 도는 집 안에서 아내와

아기가 환한 미소로 나를 맞이해 주었다. 곤혹스러웠던 순간들이 모두 녹아내렸고, 다시 일할 수 있는 에너지가 충전되었다.

춥고 배고프고 자존심에 상처 났던 시간들을 이렇게 이겨 냈구나, 당신은.

얼 마 나 더
독 해 져 야 할 까

^
^

중학생 시절, 스타크래프트 열풍으로 피시방이 편의점처럼 많이 생겨났다. 그 시기에 나는 학교를 마치고 이곳저곳을 전전하며 게임 중독자 생활을 했다. 동네에서 개최하는 대회에 참가하는 것은 물론 급기야 엄마에게 돈을 요구하며 본격적으로 게임에 올인했다. 한번 뒤집어진 눈은 좀처럼 회복될 줄 몰랐다. 온통 게임 생각밖에 없었던 나는 어느덧 공부와도 이별을 고했다.

그날도 집에 책가방을 던져 놓고 피시방에 가려고 서둘러 문을 나섰다. 아빠가 길을 막으며 어디 가냐고 묻자, 반항적인 말투로 비

켜요, 라며 쏘아붙였다. 한시라도 빨리 나서지 않으면 피시방에 자리가 없을 테고, 친구들은 오매불망 나를 원망하며 기다릴 게 분명했다.

찰싹!

왼쪽 뺨이 금세 달아올랐고, 분주한 마음이 삽시간에 고요해졌다. 스타크래프트 전략들이 주마등처럼 머릿속을 지나갔고, 눈앞에 놓인 현실이 선명하게 다가왔다. 아빠는 한숨을 쉬고 있었고, 엄마는 나를 감싸 안았다. 집 안에 온기는 없었고, 부엌의 기름진 냄새 또한 맡을 수 없었다.

지금까지 무엇을 하며 살았던 걸까?

집안 형편이 하루가 다르게 기울어 가고 있었고, 부모님의 낯빛에 먹구름이 낀 지 오래였다. 그날로 나는 피시방을 끊었다. 연인과 이별하듯 헤어짐을 선언하고 친구들도 만나지 않았다.

피시방 가고 싶지 않니?

괜찮아요. 안 가기로 했으니 안 가야죠.

너도 참 독하다.

어느 날 아빠는 내게 독하다고 했다. 중학생이라면 피시방에 가지 않겠다고 말했지만 몰래 한두 번 갈 수 있다고 생각했나 보다. 매년 아빠가 담배를 끊는다고 선언하지만 우리 몰래 몇 모금 피우는 것처럼.

나를 독하게 만든 건 내 결심이 아니라 내 주변을 감싸고 있던 환경 덕분이었다. 독하지 않으면 살아남지 못하리라는 걸 누군가 말해 주지 않았지만 나는 잘 알고 있었다. 애석하게도.

독한 나는 살아남았고, 지금 나는 먹고 싶을 때마다 삼겹살을 먹을 수 있는 처지가 되었다. 하지만 지금도 가끔씩 거리를 지나가다 피시방을 볼 때면 왼쪽 뺨이 얼얼해진다. 그리고 냉엄해진다. 독기가 올라오는 걸까?

어 쩌 면

나 의   이 야 기

∧
∧

다단계 마케팅에 빠져 살던 친구는 어느 날 빚쟁이가 되었고, 지금은 부채의 늪에서 빠져나오지 못하고 있다. 돈이 급해서 대부업, 일수까지 손을 댔고, 도저히 회생할 방법이 없어서 전전긍긍 하루살이처럼 살아가고 있다. 도와주고 싶은 마음에 이것저것 알아봤지만 무일푼인 나로서는 뾰족한 수가 없었다. 이야기를 들어주는 것, 어쩌다 즐거운 일이 생기면 함께 웃을 일을 만드는 것, 때때로 만나면 대패삼겹살이라도 사는 게 전부였다.

하루는 무작정 전화해 죽고 싶다고 했다. 이렇게 매달 쫓기는 삶을 더 이상 살기 힘들다고 하소연했다. 나는 애써 아무렇지도 않은 척, 별것 아니라며, 빚은 일이 년이면 모두 갚고 후에는 좋은 여자를 만나 결혼할 거라고 희망의 메시지를 쉴 새 없이 퍼부었다. 하지만 전화기 너머로 전해지는 그의 쓴웃음이 내 심장까지 전해졌다. 허탈한 웃음으로 마무리하고, 혹시나 하는 마음에 며칠간 생사 확인 차 메시지를 보냈다. 그는 밥을 먹고 있었고, 물건을 팔기 위해 영업을 다니고 있었다. 어쨌든 살기 위해 에너지를 생산하고 있었다.

나 또한 삶이 넉넉하지 못한데 가까운 친구마저 이런 상황이다 보니 짜증이 났다. 누구도 원망할 수 없는 태생적 환경. 하지만 돌아보면 우리는 어린 시절 촉망받는 학생이었다. 성적은 전교에서 회자될 수준이었고, 남부럽지 않은 생활 속에서 서울대냐 포항공대냐를 논하던 시절이 있었다. 특히 친구는 고등학교 진학 후 더욱 기대주가 되었고, 내게는 선망의 대상이었다.

그러던 어느 날, 친구의 가정 환경이 어려워졌고 건강도 나빠졌다. 학교를 장기간 결석했고 성적은 바닥까지 떨어졌다. 수능에서 고배를 마시고 재수, 삼수, 그리고 사수까지. 간신히 들어간 대학은 자퇴했다. 한의사가 되어 병든 사람을 고치겠다던 친구는 제 몸 하나 건사하기 힘든 상황이 되었고, 때로는 밥을 굶어야 하는 현실 속에 빚쟁이로부터 쫓기는 신세가 되었다. 어디서부터 잘못된 걸까? 정해진 운명일까?

얼마 전, 집으로 초대해 고기를 구워 주었는데 눈동자가 흔들리고 있었다. 통장에 돈이라도 있다면 몇 백만 원 쥐어 주고 싶지만 나 또한 한 달을 겨우 버텨 내기에 마음뿐이었다. 그래도 술이 한두 잔 들어가자 입가에 미소도 생겼고, 한때 논했던 창창한 미래가 다시금 눈앞에 다가오는 것 같았다. 그는 영락없는 대한민국의 순수한 청년이었고, 누구보다 열심히 살고 있었고 미래를 누려야 할 권리가 있었다. 어느새 아침이 밝아 왔고, 눈앞에는 현실이 덩그러니 자리잡고 있었다.

나는 오늘도 그의 생사를 확인하고, 그의 이야기를 들어준다. 이 세상에서 누구 하나 자신의 이야기를 들어줄 사람 있다면 그래도 살아갈 만하지 않을까 하며.

애 초 부 터

길 은   없 었 다

ᐱ

ᐱ

외제 차 바퀴의 기름때를 벗겨 내기란 여간 쉽지 않았다. 타이어
가 이라면 흰은 잇몸인데, 태생적으로 흰색인지 회색인지 도무지
알 수 없었고, 잇몸이 어찌나 튼튼한지 내 손가락이 부러지도록
문질러도 눈길 한 번 주지 않았다. 무작정 거품이 승천하기만 빌
며 스펀지로 좌우를 닦는 수밖에 없었다. 그러다 스펀지에 구정
물이 차오르면 내 왼발 곁에 둔 스테인리스 양동이에 담가 스펀지
를 목욕시켰다. 몸 구석구석에 기생하고 있던 건더기를 끄집어냈
고, 최대한 새하얗게 변할 때까지 부드럽게 문질러 주었다. 새벽

시간이라 아무도 보는 이가 없었기에 때때로 양동이에 차오른 오물의 잔재를 하수구에 흘려 보내는 것은 내게 범죄도 아니었다.

그러다 바퀴만 닦아서는 일이 글렀다고 깨달을 때쯤 차체의 온몸에 거품을 쏟아 내고, 양손에 극세사 걸레를 두르고 탈춤을 추듯 주변을 미친 듯이 돌았다. 땀이 피처럼 쏟아지고 입 안에 단내가 퍼져 귀신 들린 듯한 내 얼굴을 누군가 본다면 미쳤다고 할 것이었다. 하지만 나 혼자라는 생각에(사실 나 외에는 아무도 없었다) 유행하는 댄스까지 가미해 흥얼거리면 일순간 부르주아가 된 건 아닌지 헛바람이 들 때도 있었다.

한 달에 한 번은 차량 내부를 닦기도 했는데, 그날은 몇 배나 힘이 들었다. 외부 세차의 목적이 단순히 외형의 회복이라면 내부 세차는 내면의 성장이었기 때문이다. 인간의 내면 성장 또한 단기간에 완성이 어렵듯이 차량 내부 세차 또한 여간해서는 티가 나지 않았다. 사람의 손이 닿지 않는 영역까지 신경쓰는 것은 물론 값비싼 피부에 조금이라도 흠이 가지 않게 하기 위해 온몸을 뒤틀며 움직여야 했다. 그렇게 발악한 이후 찾아오는 건 평안함이었다. 알 수 없는 향긋한 향기가 차내에 둥둥 떠다니며 내 몸에 맞게 차량 시트가 움직이는 느낌이 든다. 누군가 기회를 준다면 쪽잠이라도 청하고 싶은 심정이었다.

한 편의 모노드라마 같은 새벽 세차 아르바이트가 끝나면 내 몸보다 작은 오토바이를 타고 집으로 향했다. 상쾌한 새벽 공기를 마시며 도로 위의 고독을 즐기며 질주했다. 어떤 날은 너무 피곤한 탓인지 집으로 가는 길을 잃곤 했다. 골목골목을 지나 슈퍼마켓 옆 원룸이 내 집인데 도무지 찾기 힘든 경우가 있었다. 펼쳐진 길 앞에 길 잃은 나그네 신세였다. 눈앞에 길이 있는데도 길을 찾을 수 없는 느낌. 스물다섯 살이 겪어야 했던 고뇌이자 이 땅의 모든 청년들이 똑같이 직면하는 트라우마가 아닐까.

아무리 애쓰며 노력해도, 아무도 알아주지 않는 손 세차 일을 통해 작은 사회를 경험한 것인지도 모른다. 혼자서 힘들어 하고 혼자서 즐거워하는 동안 퇴근 시간은 찾아오고, 집으로 향하지만 길은 까마득하기만 했다. 성공한 이들은 자신만의 길을 개척하라고 청년들을 절벽으로 내몰고 있지만 절벽에서 겪는 아찔함은 온전히 청년의 몫이다.

새로운 길을 개척하라는 무서운 말보다 하늘을 보라고 말하고 싶다. 정면을 바라보면 눈앞의 길만 보이지만 하늘을 보면 '나'가 보인다. 하늘을 보며 평소에 누리지 못했던 여유를 찾을 수 있고, 보이는 것이 전부라고 여겼던 세상만사로부터 벗어날 수 있다. 동공으로 인식된 눈앞의 가시물보다 하늘이라는 스크린에 다양한 상상물을 초대해 한바탕 놀고 나면 오늘 하루가 정리되고, 내일 하루가 기다려질지도 모른다. 이것이 세상 사람들이 말하는 길이라면 이것이야말로 지름길이라고 말하고 싶다.

나는 대학을 졸업하고, 학문에 뜻을 품고 여전히 대학원에서 맴돌고 있다. 아직도 진로를 찾지 못했냐며 돈 낭비 하지 말라고 가까운 친구들이 비수를 꽂지만 나는 어른 미소와 함께 그들에게 대답한다. 인생은 정해진 경로를 따라 정답을 찾아가는 생존 게임이 아니라 예상치 못한 변곡점에서 자신을 발견하며 유유자적 하늘을 날아다니는 고공비행과 같다고.

애초부터 길은 없었다.

그들을 함부로
나무라지 마라

ㅅ
ㅅ

세상을 빛나게 한 발명가 에디슨은, 세상에서 가장 행복한 사람
을 '일하는 사람, 사랑하는 사람, 희망이 있는 사람'이라고 했다.
하지만 취업을 준비하는 대한민국 청년들은 일, 사랑, 희망, 이
세 가지 모두 없다. 직장이 없기에 일을 할 수 없고, 사랑하는 사
람이 있다 해도 결혼은 엄두조차 내지 못하며, 그렇기에 희망은
더욱이 가질 수 없는 상황이다. 이런 3무(無) 상황은 취준생을 감
정 노동자로 만들었다.

일이 없는 취준생 이야기. 채용은 일반적으로 서류 전형, 필기 전형, 면접 전형, 신체검사 등으로 이루어진다. 최종 합격까지는 서너 단계를 거치는 셈이다. 이를 거치는 동안 취준생들은 일희일비할 수밖에 없다. 그러는 사이 스트레스가 쌓이는 건 당연지사. 일단 탈락하면 자괴감에 빠져서 힘들고, 함께 취업을 준비한 그룹 내에서 비교를 당하니 아프고, 부모님의 기대에 부응하지 못해서 마음이 저려온다. 이 얼마나 심한 감정 노동인가. 겪어 보지 못한 사람은 생각지도 못할 노동 중의 노동이다.

사랑할 수 없는 취준생 이야기. 청춘이기에 누릴 수 있는 첫 번째 가치가 '연애'라고 생각한다. 실제로 대한민국의 많은 이들이 행복하게 연애하고 있겠지만 결혼은 완전히 다른 이야기가 되어 버렸다. 한국여성정책연구원에 따르면 '결혼을 해도 좋고 하지 않아도 좋다'고 응답한 사람이 오십삼 퍼센트였다. 이렇게 청년들 중 상당수가 결혼을 기피하는 이유는 간단하다. 취업이 되지 않을 뿐더러 설사 취업이 된다 하더라도 월급은 적은 반면 결혼 비용은 수천만 원이기 때문이다. 이런 현실 속에서 결혼 이후의 삶을 생각하면 답답할 뿐이다. 그래서 과거 한 정치인이 '노동 개혁은 청년들을 결혼시키는 일'이라고 말했는지도 모른다.

희망이 없는 취준생 이야기. 모든 청년들의 궁극적인 목표가 취업은 아닐 것이다. 취업 너머에 자신이 이루고 싶은 꿈이 있을 테고, 그 꿈을 옆에 둘 수 있는 것이 바로 희망이다. 하지만 현재는 희망을 노래할 수 없으며 그렇기에 대한민국의 미래도 어두울 수밖에. 나부터 희망은 고사하고 한 달을 무사히 보내는 것에 집중하고 있다. 희망을 품고 그것을 이루는 이들은 전혀 다른 부류가 아닐까. 내가 아니라도 좋으니 그들 중 누군가는 희망을 품고 그것을 좇으며 살아갔으면 한다. 그 희망은 바이러스가 되어 대한민국 곳곳에 널리 전파되겠지. 꿈속이 아니라 현실에서.

가 르 치 지 말 고

가 리 키 자

∧
∧

이 년째 개인 블로그를 통해 무료 취업 컨설팅을 해오고 있다. 취업 컨설팅이라고 하지만 대단한 건 없다. 자기소개서를 첨삭해 주거나 상담해 주는 수준이다. 최근 그들의 고민거리를 들어 보면 가슴이 답답하다.

현재 걱정은 제가 꿈이 없다는 것입니다.

진로를 정하지 못해 너무 막막한 상황입니다.

정부에서 공기업 채용을 확대한다는데, 공기업을 지원할까요? 그래도 여전히 대기업이 좋을까요?

뭐라고 답해야 할지 모르겠다. 꿈이 없는 사람에게 꿈을 심어 줄
수도 없고, 감히 내가 진로를 정해 줄 수도 없는 노릇이다. 더욱
이 점쟁이처럼 당신은 공기업으로 가야 한다고 말하는 건 가당치
도 않다.

답답한 가슴에 더욱 불을 지피는 것은 간절함만 남은 이들을 상대
로 비정상적인 처방을 해주며 밥벌이하는 이들이 있다는 것이다.
비겁한 것들 같으니. 어디 함부로 그들의 인생에 감 놓아라 배 놓
아라 하며 갈취하는가. 책임질 수 없다면 정답이랍시고 떠들어
대지 말고, 경청하고 공감하며 그들 스스로 최선의 결정을 내릴
수 있도록 정보만 제공해 주는 게 도리 아닐까.

취업 컨설팅이 무엇이라고 생각하는가? 근대적 공장의 출현과 더
불어 사회적 변화가 이루어졌던 산업혁명에 기원을 둔, 그리고
맥킨지가 최초로 천구백이십오 년에 컨설팅 회사를 설립할 때의
컨설팅 개념을 생각하면 큰 오산이다. 취업 컨설팅은 가르치는
업이 아니라 가리키는 업이다. 이래라저래라 지시하는 업이 아니
라 다양한 방향을 제시하는 업이다.

애꿎은 취준생들을 가르치지 말고 한 걸음 떨어져서 가리켜 보자. 그 순간 그들은 새로운 가능성을 발견할 테니.

내 일 도

안 녕 하 십 니 까

ㅅ

ㅅ

평범한 직장인이 열심히 사는 이유는 주말이 있다는 사실 때문이
며, 주말은 주중의 노고 없이는 존재할 수 없는 운명적 공생 관계
다. 때로는 주중의 가학적인 매달림이 주말을 풍성하게 하고 때
로는 주중의 황홀한 무료함이 주말을 가치 없게 한다. 일생 동안
그날을 위해 살아가며, 그 언젠가 둘 사이의 경계가 무너지겠지.
하얗게 변한 머리칼도 입가에 그어진 칼집도 결국 내가 만든 파괴
적 성찰이다. 아무도 이해할 수 없지만 누구나 인정받는 젊은 날
의 헌신은 나의 나를 낳고 나의 우리를 만든다.

그 많던 돈은 어디로 갔을까?

왜 그렇게 고래고래 고함쳤을까?

희미한 관계의 그림자만 남았구나.

입바른 소리를 하던 패기는 온데간데없고 반쯤 비워진 소주병만 남았다. 당장 떳떳하고 싶은데 어떻게 해야 할까? 쳇바퀴처럼 굴러가는 시간 게임 속에 규칙을 깨뜨릴 용기가 없다. 그에게도 미안하고, 내게도 미안하다.

미러룸

∧
∧

모 기업에서 일할 때, 그곳에는 직원들의 휴게 공간이 별도로 마련되어 있었다. 그 공간에서 커피를 마실 수 있는 건 물론 비디오 게임, 보드 게임 등도 즐길 수 있었다. 나는 종종 미러룸에서 낮잠을 자곤 했다. 점심 식사 후 몰려오는 피곤을 굳이 참지 않고 몸을 맡겼다. 말 그대로 온 사방이 거울로 둘러싸여 있었고, 내 얼굴을 여러 각도에서 관찰할 수 있었다.

그러다 문득, 근무 시간에 내가 몰래 낮잠 자고 있는 모습을 많은 사람들이 보고 있다는 느낌을 받았다. 나를 감싸고 있는 거울 속에 반듯한 상무님, 머리카락 없는 부장님, 주눅든 팀장님, 안경 낀 과장님, 키 큰 대리님이 보였다. 착시 현상일까? 눈을 떠 보니 거울 속에는 꿈 많은 스무 살만 보였다.

어느덧 누군가의 거울이 되었다.
그들에게 나는 어떻게 묘사될까?

퇴 사 가 알 려 준

세 상

^

^

사람이 떠난다.

일순간 그 흔적은 무엇으로도 채울 수 없다. 그가 머물렀던 시간
만큼 빈자리는 주변을 괴롭힌다. 당사자는 가슴을 친다. 회사에
서는 이를 두고 이별이라 하지 않고 퇴사라 칭한다. 퇴사 따위는
이별과 비교할 수 없는 가벼운 거래라고 생각할지 모르지만, 직
장인에게 퇴사는 제 살을 깎아 먹는 고뇌가 낳은 용감한 자기 사
랑이다. 아니, 무모한 자기 학대다. 뭐라고 표현하기 힘든 그 무

엇이다.

보금자리를 박찬 뒤 바라본 세상은 은근히 고요하다. 평화롭다 생각해 한동안 여유 있는 시간을 보낸다. 밀린 잠도 자고, 텔레비전을 뒤적거리며 맥주 캔을 벌컥거린다. 어느 날 등골이 오싹함을 느낀다. 손발이 저리고 휴대 전화를 볼 용기도 없다. 세상은 고요했던 게 아니라 나를 잊어 가고 있었던 것이다.

소속 딱지를 달지 못한 인간은 자아를 강제로 박탈당한다. 내 마음은 소리 높여 외치고 있지만 공허한 파동에 대답하는 이는 힘없는 진동밖에 없다. 어머니의 손길밖에 없다. 그마저도 불효를 범하지 않기 위해 뿌리치는 순간, 세상에서 근본 없는 놈으로 뿌리 뽑힌다. 울어 봤자 소용없다. 지나가던 개도 모른 척 바삐 지나갈 뿐이다.

문을 두드려 본다. 수많은 곳에서 손짓하지만 내 편은 찾아보기 힘들다. 그래도 딱지를 달아야 하기에 용모를 단정히 하고 가면의 미소를 짓는다. 드디어 다음주부터 새로운 흔적을 만들어 갈 수 있었다. 그리고 어느 순간 다시 떠나겠지.

이렇게 돌고 돈다. 이별은 그 끝이 결혼이지만, 퇴사의 끝은 여전히 퇴사다. 이것이 직장인의 숙명이다.

놀 림 받 을

용 기

^
^

코흘리개 시절, 나는 이 년간 유치원을 다녔다. 보통 일 년만 다니는 게 일반적이었지만 나를 너무나 사랑하는 엄마는 하나라도 더 가르치고 싶었던 모양이다. 하지만 안타깝게도 이 년간의 유치원 생활이 지금은 하나도 기억나지 않는다. 한 가지 사건만 빼놓고. 분명 기억에서 삭제하고 싶은 일이었지만 내 머릿속 한 귀퉁이에서 영원토록 자리잡고 있다.

다 함께 활동하던 시간. 갑자기 배가 아파 부리나케 화장실로 달려갔다. 한참 일을 보다가 정리하고 밖으로 나가려 했지만 휴지가 없었다. 충격이었다. 어떻게 해야 할지 도무지 알 수 없었다. 엄마가 생각났지만 연락할 방도가 없었고, 그냥 나가자니 너무 찜찜해서 용기가 나지 않았다. 그 사이 활동 시간은 종료되었고, 아이들이 떠드는 소리가 화장실 안까지 침투했다. 활동 시간에 내가 없어진 낌새를 챈 아이들은 범죄 수사하듯 나를 찾아 나섰고, 결국 내가 화장실 안에 있다는 것을 알아냈다.

안에 있지?
왜 안 나와? 어서 나와!

나를 독촉하기 시작했다. 쉬는 시간에 어서 나를 끄집어내야 했기에 막무가내로 문을 흔들어 댔다. 그러다 문이 덜컥 열릴까 겁이 났던 나는 문고리를 양손으로 꼭 붙잡고 놓지 않았다. 끝까지 아무 말도 하지 않았지만, 서럽게 우는 소리가 밖으로 새어 나가면서 아이들은 내가 안에 있다는 것을 확신했다.

규진이 똥쟁이!
겁쟁이 심규진 어서 나와!

얼레리꼴레리 얼레리꼴레리!

아이들은 격해졌고, 급기야 선생님이 출동했다. 선생님은 나를 애타게 불렀지만 밖으로 나갈 수 없었다. 선생님 뒤로 아이들이 둘러싸고 있을 게 분명했기 때문이다. 선생님의 고함소리에 아이들이 웃으며 도망치는 소리가 들려왔다. 잠시 후 선생님은 문틈 사이로 휴지를 건넸고, 나는 그제야 마무리를 할 수 있었다. 하지만 한참 동안 밖으로 나가지 못했다. 이미 사건은 아이들의 입에 오르내릴 테고, 그들을 볼 용기가 없었다. 정확히 말하자면 놀림받을 용기가 없었다.

어린 나이였지만 화장실에서 많은 생각을 했던 것으로 기억한다. 당시에 굉장히 내성적이었는데, 유치원을 옮길 생각까지 했으니 얼마나 심각했는지 알 수 있다. 곰곰이 생각해 보니 내게는 큰 잘못이 없다는 걸 깨달았다. 생리 현상 때문에 화장실에 갔고, 응당 휴지가 있어야 하는데 없는 상황은 내 잘못이 아니었고, 그러면 누구라도 당황해서 곧바로 나가지 못하리라는 결론이었다.

며칠 지난 후, 같은 반 친구(이름은 기억나지 않는다)가 말했다.

친구들에게 휴지를 달라고 하지 그랬어. 애들이 놀리면 웃어넘기면 되잖아. 곤란하면 다음에 나한테 부탁해.

친구가 너무도 멋있었다. 나를 놀리는 친구들에게 휴지를 달라고 부탁하거나 놀리는 상황을 웃음으로 넘기면 된다니. 친구는 이미 어른이었다. 타인의 기대에 부응할 생각이 없었고, 자신의 삶을 살 뿐이었다.

삼십 년이 지났지만 나는 여전히 놀림받을 용기가 없다.
나는 내 삶을 살고 있는 걸까?
타인의 기대가 내 인생을 살고 있는 걸까?

링거 맞은

자존감

∧
∧

오른팔에 바늘을 꽂고 천장을 바라본다. 잠시 후 몰려오는 짜릿한 기운이 온몸을 감싸고 에너지 게이지가 차오른다. 일단은 호흡이 정상으로 돌아오고 관자놀이를 짓누르던 송곳도 없어졌다. 이십 대 때는 링거 한 통이면 거뜬했는데 이제는 세 통이나 맞아야 한다. 슬며시 바라보자 색깔도 저마다 다르다. 내 몸에 도대체 무엇이 주입되고 있는지 모르지만 그게 무엇이면 어떠리.

눈을 감고 잠을 청해 본다. 얼마만에 누리는 안식인가. 거동이 불편하니 휴대 전화도 볼 수 없고 잠만 자야 하는 신세다. 오히려 잘 되었다. 아이러니하지만 이런 것을 두고 예기치 못한 기쁨이라고 하는가.

커튼에 가려져 보이진 않지만, 옆자리 환자는 신음 소리를 내며 자고 있다. 심지어 휴대 전화가 울리고 있지만 듣지도 못한 채 수면에 열중하고 있다. 그 옆자리, 저 뒷자리에도 사연을 알 수 없는 이들이 링거를 통한 회복을 호소하고 있다.

샌디에이고 주립대 심리학과의 진 트웬지 교수는 천구백팔십 년대 이후 젊은 세대의 자존감이 급격하게 향상되고 있다고 발표했다. 젊은 세대는 자신들이 과거 어느 때보다 똑똑하고 책임감 있고 매력적이라 생각하고 있는 것이다. 하지만 이런 이들이 세상 밖으로 발을 내밀었을 때의 괴리감은 엄청나다. 부모는 항상 인정해 주었지만 세상은 무정했기 때문이다. 나르시시즘은 불확실성의 바다를 보지 못하게 했고, 과거 어느 때보다 많은 이들이 정신과 치료를 받기에 이르렀다.

지금 그들이 고통받고 있는 건 어쩌면 나르시시즘 때문인지도 모른다. 세상을 바꾸는 일을 하기 이전에 자신을 돌아볼 필요가 있다. 과도한 꿈, 이루지 못할 목표를 향해 눈감고 달리는 자신에게 질문을 던져 보자. 난 도대체 누구인지.

병원비는 이십사만 원이었다. 일시적으로 육체가 회복되었을 뿐인데 또다시 먼 나라 이웃나라 꿈이 아른거린다.

오늘도 유난한

하루

^
^

시간마다 울어대는 뻐꾸기시계. 네 시면 네 번을 울었고 일곱 시
면 일곱 번을 꼬박 울었다. 이십 년 전에는 이 시계가 유행했다.
당시 넉넉하게 살았던 우리 집 거실에는 뻐꾸기시계가 있었다.
뻐꾸기는 항상 무표정이었고, 새벽에 울리는 소리는 섬뜩하기까
지 했다. 나는 아빠를 기나리며 자주 새벽녘 뻐꾸기 울음을 듣곤
했다.

거실에서 울리는 뻐꾸기 소리가 귓가에서 떠나지 않았다. 그날은
온 가족이 함께 있었고, 새벽에 뻐꾸기 소리를 들을 필요가 없었

는데 나도 모르게 거실에 멍하니 앉아 있었다. 무엇을 기다리고 있었던 걸까? 나 때문에 엄마는 소파에 앉아 뻐꾸기를 함께 바라보고 있었다.

시계는 시각을 가리켰고, 뻐꾸기는 운명을 노래했다. 이십 년이 지난 지금, 엄마는 여전히 내 옆에 앉아 있고, 아빠는 뻐꾸기 울음처럼 사라지듯 퍼져 나갔다. 그때 뻐꾸기는 내게 무언가 말하고 싶었던 건 아닐까. 외로운 내 미래를 보듬어 주려 새벽마다 울어댔던. 지금도 내 귓가에서 여전히 노래한다.

오늘은 뻐꾸기의 울음이 유난하다.

라 면 은
나 의 운 명

∧
∧

이십칠 년간 라면만 먹었다는 김기수라는 사람이 있다. 소설 《라면의 황제》에 등장하는 인물인데, 그는 내게 '라면을 먹는 것은 나의 운명이다' 라는 의미심장한 말을 던졌다. 그의 고백은 곧 나의 고백이었고, 괜스레 마음이 뜨거워져 책장을 덮었다. 천구백육십 년대 꿀꿀이죽에 몰려드는 이들을 보고 한국에 최초로 도입되었다는 라면은 이제 내 삶을 설명하는 도구이자 우리 삶에 파스텔처럼 스며든 힘찬 기운이다.

어린 시절, 아버지의 사업 부도로 도망치듯 내려간 양산에서 처음으로 라면과의 짜릿한 만남이 시작되었다. 그때는 초등학생이었는데, 전에도 이미 라면을 먹어봤지만 그제야 라면 하나면 힘든 하루도 거뜬히 이겨낼 수 있다는 걸 배웠다.

무더운 여름이었고, 좁디좁은 방에서 어머니께서 해 주시는 점심 식사를 목이 빠져라 기다리고 있었다. 냄비 뚜껑이 달그락거리는 소리를 듣자니 물이 끓고 있다는 뜻이었고, 찢어지는 듯한 비닐 소리는 무언가 개봉되고 있음을 말해 주었다. 웬일인지 도마에 칼질 소리는 들리지 않고, 잠시 후 감칠맛 나게 착착 감기는 소리는 예측이 불가해 부엌을 빠끔히 내다보았는데, 채반에 담긴 면발을 털어 내는 소리였다.

면발은 차디찬 정수에 자신의 온몸을 맡긴 채 꽃단장을 준비하고 있었다. 하늘 높이 공중 부양해 물기를 벗어던지고, 다시 한번 채에 자신을 처박아 한 올 남은 물기마저 털어 냈다. 이는 어머니의 손놀림으로 이루어지기보다는 분명 면발 스스로 자신의 생기를 찾아가는 독립적인 활동이었으리라.

그랬다. 내가 라면과 짜릿한 인연을 맺을 때의 그 모습은 빨간 옷을 입은 비빔면이었고, 한번 인연을 맺은 뒤로는 연인처럼 자주 만났다. '그녀'는 혼자서도 용감하게 다가설 수 있는 나의 양식이었고, 두 개, 세 개를 함께 해도 금전적인 부담이 없는 '친구'였다.

하루는 찬장에 있는 비빔면 두 개를 벗겨 냄비 속에 넣을 준비를 하고, 냉장고에서 열무김치를 꺼냈다. 그러다가 문득 집 맞은편 (당시 경제적인 어려움으로 인해 초가집에 임시로 살고 있었다) 외양간에 있는 소와 눈이 마주쳤다. 맞은편 집은 기와집이었고, 그 옆에는 내가 거주하고 있는 집보다 큰 외양간이 장승처럼 서 있었다.

자신 앞에 수북이 쌓여 있는 여물보다 내가 먹으려는 라면이 애석하게 보였는지 한참 동안 나를 주시했다. 그의 눈가에 맺혀 있는 물기는 나를 동정하는 것처럼 보였고, 그러다 나도 모르게 고개를 떨어뜨리고 면을 마저 끓였다. 더욱 힘 빠지고 슬펐던 건 그런데도 그 비빔면은 너무나 맛있었다는 것이다. 한입 먹을 때마다 입 안에서 요동치는 면의 몸놀림은 예술적이었기에 한 번에 꿀꺽 삼키지 못하고, 몇 번이고 곱씹었다. 소가 여물을 씹듯이.

라면은 나의 운명이 되었다. 지금은 아파트에 살고 있지만, 부엌 한 구석에는 언제나 라면을 한가득 쟁여 두고 있고, 일주일에 두세 번은 면발을 삶는 내 모습을 발견한다. 단순히 한끼를 때우기 위해 먹는 게 아니다. 과거를 회상하며 추억을 꺼내 먹는 것이며, 당시 온몸으로 깨달았던 가난이라는 태생적 가치를 되씹기 위해 서다.

진아

식당

∧
∧

IMF 강풍이 불면서 아빠의 사업은 망했고, 우리집은 식당을 운영하기 시작했다. 아마 내가 초등학교 시절이었던 것 같다. 아빠는 철가방을 들고 배달 나갔고, 엄마와 외할머니는 주방과 카운터를 오가며 분주함을 진정시켰다. 나는 멀뚱멀뚱 구경하다가 식당 손님처럼 음식을 주문했고, 엄마는 언제나 주문 그 이상의 음식을 가져다주었다. 나는 늘 김치볶음밥을 먹었는데, 그때부터 좋아했던 엄마표 김치볶음밥을 서른 살이 넘어서도 여전히 좋아하고 있다.

그때 식당이 대박 났더라면 내가 식당을 물려받았겠고 지금보다 살림살이도 훨씬 좋아졌겠지만, 진아식당은 오래가지 못했다. 외식업에 문외한이었던 부모님은 열심히만 했고, 세상은 모든 사람들의 열심을 받아 줄 수 없기에 어느 날부터 철가방은 갈 곳을 잃었다. 식당 안에 손님이 한두 사람만 있어도 다행인 정도. 부모님이 나를 부르는 '진아야' 라는 애칭으로 가게 이름을 지었는데 금방 문을 닫아 어린 내게도 상처가 났다. 지금은 상처가 아물었지만, 그때는 기억에서 사라지지 않았다. 앞으로도 지워지지 않을 것 같다.

부모님 덕분에 나는 평범한 직장인이 되었다. 때때로 사업을 하고 싶은 열망이 들끓지만 과거의 실패를 교훈 삼아 시도조차 하지 않기로 다짐했다. 하지만 부모님의 피를 속일 수는 없기에 새로운 일에 자꾸 관심이 갔고, 그때부터 벤처 기업을 전전하기 시작했다. 내가 사업을 하는 건 아니지만 사업을 하는 것처럼 다양한 일에 도전할 기회가 주어졌고, 일반 회사보다 일은 많지만 보람을 느끼며 생활할 수 있었다.

이렇게 살다 보면 언젠가 진아식당 간판을 다시 걸 수 있을지도 모른다는 희망이 있는 걸까? 여전히 청년 창업에 도전하는 이들에게 관심이 간다. 때로는 그들의 이야기가 허망하더라도 응원하고 싶고, 실패가 눈앞에 보이지만 지지하고 싶다. 겁쟁이인 나는 평생 누군가의 아이디어를 실행하는 월급쟁이로 남겠지만, 사실 모든 사람들이 사장이 되면 실무를 할 사람이 없지 않은가. 그렇게 스스로를 위로하며 다음달 월급을 기다린다.

'진아식당' 간판은 마음속 공간에 걸어 두었다.

당신은 쓴맛이

싫다고 했다

^

^

나는 커피를 싫어했다. 색이 까만 것은 물론 맛도 쓰기 때문이다. 이걸 왜 돈 주고 사 먹는지 도무지 이해할 수 없었다. 이 사실을 숨기고 첫 사회생활을 외식업계 인사 담당자로 시작했고, 한동안 커피 만드는 법을 강제로 배웠다.(그 회사는 직무에 상관없이 모든 신입 사원들에게 커피와 빵 만드는 법을 전수했다.) 내가 만든 커피를 직접 맛보면서 무엇이 문제인지 파악해야 했고, 그러기 위해서는 커피와 친해져야 했다.

커피의 인생은 고달프다. 그들은 매일같이 가루가 되어 뜨거운 물에 흡수된다. 그러다 때로는 찬물에 섞이기도 하고, 어떤 때는 분말 가루와 한 몸을 이루기도 한다. 이리 치이고 저리 치이다 보면 말끔한 상품이 되어 높은 가격에 판매된다. 사람들은 커피를 통해 상쾌함을 느끼고, 피곤을 일시적으로나마 잊을 수 있고, 이 시대를 살아가는 평범한 젊은 청춘 남녀 코스프레를 할 수 있다.

나는 여전히 커피 맛을 모른다. 하지만 이제는 좋아한다. 한 모금 마실 때마다 그가 분쇄되는 과정이 생각나며 동질감을 느끼고, 그가 뿜어내는 알칼로이드가 몸의 긴장을 풀어 준다는 공식을 암기하고 있기 때문이다. 원가를 이미 알고 있기에 간혹 비싼 돈을 지불하는 것이 억울하지만 커피의 인생을 추모하는 마음으로 그냥 투척한다. 어차피 돈은 돌고 돌겠지.

당신도 커피를 자주 마셨다. 물론 달달한 다방 커피를 선호했고, 나도 당신을 따라 달달한 커피를 마시곤 했다. 식사 후 달달한 커피 한 잔이면 그 다음 순간도 살아 낼 수 있는 용기를 얻는 것 같았다. 당신은 쓴 아메리카노는 싫다고 했다. 달달한 커피가 입에 붙어 이제 와서 종목을 바꿀 수 없다고 말했지만, 다른 이유가 있는 건 아닐까. 하루 중 달달할 겨를이 없었던 당신의 인생 속 오아시스는 다방 커피였을 것이다. 굳이 쓰디쓴 아메리카노를 마실 필요가 없었을 것이다. 그것은 당신에게 허상이었고 새로운 시련이었으리라.

세상의 풍파를 온몸으로 받아 낸 당신의 인생을 대신해 나는 쓴 아메리카노를 자주 마실 것이다. 자주, 그것도 많이 마시면서 혼자서 여유 있는 척은 다할 것이다. 그리고 내 자식은 '척'이 아니라 그런 '삶'을 살 수 있도록 나 또한 강풍을 받아 낼 준비가 되어 있다. 세상의 쓴맛까지도 여유 있게 웃으며 즐길 수 있는 일상을 물려주길 소망하며. 이렇게 내리사랑은 언젠가 완성되겠지.

그런데 고생만 한 당신은 어디서 보상받나. 자식의 행복이 곧 부모의 행복이라는 말 같지 않은 세상의 슬로건은 여전히 나를 불편하게 한다. 육십 평생 누군가의 방패 역할만 해오던 당신. 이제는 내가 교대해 줘야지. 그리고 값비싼 아메리카노도 매일 사 드려야지. 질려서 더 이상 마시지 못하겠다며 손사래 치실 때까지.

차마 말하지는
못하지만

∧
∧

고삼 때, 대학 합격 통지와 부모님의 이혼 통지를 동시에 받았다. 예견된 일이었지만 기쁨과 슬픔을 동시에 누리는 건 여간해서는 쉽지 않았다. 중학교 시절부터 나를 혼자 키우다시피 한 당신. 그제야 본인이 해야 할 몫을 다했다고 생각한 당신은 이제부터 같이 험난한 세상을 헤쳐 나가지고 했다.

적당한 시기에 내가 군대를 가 있는 동안 당신이 입에 단내가 나도록 일하는 게 우리의 전략이었다. 그렇게 함께 살 수 있는 보금자리가 생겼고, 당신은 병을 하나씩 얻어 갔다. 나 또한 대학 생활을 하면서 과외를 멈추지 않았지만 등록금을 감당하기에도 여의치 않았고, 당신은 내 기가 죽을까 봐 없는 형편에 해외 교환학생까지 보내 주었다.

조용히 졸업하면서 취업하면 얼마나 좋았겠느냐만 눈치가 없었던 나는 대학교 총학생회장 선거에 출마했다. 그때 처음으로 당신은 "꼭 해야겠니?"라고 물었다. 정말 처음이었다. 내가 하는 일이라면 언제나 응원해 주었던 당신은 얼마나 힘들었으면 처음으로 아들이 하는 일에 의문을 제기했다. 누가 봐도 정당하고 합당하고 올바르며 필요한 의문이었다.

선거 자금을 마련하기 위해 과외를 하면서 새벽 손 세차를 했다. 대한민국에 굴러가는 모든 외제 차를 닦는 기분이었다. '이 차를 타는 사람은 도대체 어떤 사람일까?' 매일 새벽마다 풀지 못하는 의문을 품고 닦고 또 닦았다. 어느 날은 모아 둔 돈이 조금 있다며 백만 원을 부쳐 주었다. 분명 모아 둔 돈이 없을 텐데 누군가에게 아쉬운 소리를 하며 빌린 돈이라는 걸 알면서 모른 체 받아 필요한 곳에 써 버렸다.

그렇게 나는 총학생회장에 당선되었다. 당신을 짓밟고 얻어낸 결과였다. 졸업하면서 무조건 취업하기 위해 미친 듯이 서류를 넣었고 면접을 보러 다녔다. 매 순간 혼신의 힘을 다해 면접을 봤고, 졸업과 동시에 합격했다. 취업하자마자 내가 하고 싶었던 일은, 아니 해야만 했던 일은 남편이 주지 못한 월급 통장을 당신에게 주는 것이었다. 나는 돈이 필요 없었다. 모든 것을 당신이 해 주었으니까.

세상에 좋은 것 하나 누리지 못한 당신은 내가 결혼해서도 고생하며 산다. 나를 키우느라 얻었던 병 때문에 고생하고, 모든 것을 내게 퍼 주었기에 아무것도 없어서 고생하며, 이제 내가 버는 돈을 더 이상 당신에게 줄 수 없기 때문에 고생한다. 평생 동안 고생만 했고 여전히 고생하고 있는 당신. '엄마'라는 단어를 입 밖으로 내기만 해도 눈물이 나온다. 이렇게 고생만 하다가 하늘나라 가면 나 보고 어떻게 살라는 건지. 이제는 내가 할 차례다. 아무 걱정 없이 두 다리 뻗고 주무실 수 있게.

———————

당 신 은

언 제   끝 날 까

∧
∧

고등학교 시절, 쳇바퀴처럼 돌아가는 일상이 지루하고 피곤했다.
지금은 사라진 0교시 수업을 가기 위해 사설 봉고차를 타고 통학
했다. 새벽 여섯 시 삼십 분까지 학교에 당도하려면 최소한 다섯
시에 일어나야 했는데, 늦게까지 공부하다가 잠드는 날이면 새벽
기상이 죽기보다 싫었다. 급기야 아침밥을 먹지 않겠다고 선언하
고 삼십 분 더 자기로 한다.

더 잘게. 눈이 안 떠져.

아이고. 그래도 밥은 먹고 가야 힘을 내지.

밥 먹는 시간에 오 분이라도 더 자야 힘이 나.

끝까지 말대답하며 이불을 덮어 썼고, 세수하고 교복을 입기에도 부족한 시간에 눈을 떴다. 그리고 눈앞에 나타난 밥숟가락. 당신은 갖은 양념에 밥을 비벼 내 입 속으로 밥을 넣어 주었다. 눈을 감고 있어도 한 숟가락. 로션을 바를 때도 한 숟가락. 시계를 찰 때도 한 숟가락. 어미 새가 모이 주듯이 정성스레 나의 일용할 양식을 하루도 빼놓지 않고 챙겨 주었다.

그렇게 나는 어른이 되었고, 극도의 육체적 피로 속에서도 0교시 생활을 좋은 추억으로 담고 있다. 따뜻한 선물로 지금도 간직하고 있다. 백일 된 아들의 얼굴을 보고 있으면 눈물이 날 것 같다. 뭐라도 더 해 주고 싶은 마음이 간절하다. 당신이 백일 된 나를 두고 얼마나 좋아했을지 상상하면 가슴이 찌릿해진다. 내가 세상에 나왔을 때부터 지금까지 숱한 고통을 참고 나만 바라보고 살아왔을 텐데.

내 기억은 '고등학교 시절 0교시'였지만, 사실 당신은 나를 위해 '평생 0교시'로 살고 있었다. 당신의 쉬는 시간은 언제 올까? 당신의 수능 시험은 언제 끝날까?

나는 평생 불효자를 면할 길이 없다.

내가 뽕짝을

즐기는 이유

∧
∧

삶은 늘 봄날이기를 바라지만, 옛 노래 하나에 가슴 아리고 낡은 박자에도 눈물 나는 그런 날이 있다.　　　　　　　　 − 조일동, 《마흔의 봄》

낡은 박자에 눈물이 난다. 가끔 그런 게 아니라 자주 그런다. 서른세 살에 뽕짝에 심취해 있다면 비웃을지 모르지만 진지하다. 나도 모르게 콧노래를 부르고 이해할 수 없는 감정에 휩싸여 눈을 지그시 감는다. '고개 숙인 옥경이'에 내 심장이 왜 반응하는 걸까? '사랑했지만 갈 길이 달랐다'는 가사가 왜 그리 슬프던지.

가사의 힘만은 아닌 것 같다. 뽕짝에는 일반 가요에서는 느낄 수 없는 진정성이 담겨 있다. 하지만 마냥 진지하지는 않다. 무거운 가사에 경쾌한 리듬을 넣어 양가감정이 들도록 설계되었다. 신나지만 슬프고, 희망이 넘치지만 삶의 회한을 느끼는 모순 감정 상태. 서로 다른 종류의 감정 사이에서 알 수 없는 짜릿함을 느낄 수 있는 것이 뽕짝의 매력 아닐까.

차를 운전해서 출퇴근하는 데 왕복 한 시간 거리다. 짧으면 짧고 길면 길다고 할 수 있는 시간. 특별한 일이 없다면 음악을 틀어 때로는 감상하고 때로는 따라 부르기도 한다. 요즘 부쩍 트로트를 듣는 횟수가 늘어나면서 출퇴근 시간이 힐링 타임이 되었다. 하루는 집 주차장에 도착했는데도 뽕짝 특유의 짜릿함에서 헤어 나오지 못해 눈을 감고 한 곡 더 듣고 집에 들어간 적이 있다. 그날은 거기서 멈추지 못하고 집에서도 반복해서 듣고 따라 부르며 흥얼거렸다. 처음에는 무슨 이유인지 알 수 없었는데 자기 전 생각해 보니 그날은 특히 힘든 날이었다. 가슴에 가시가 돋은 날, 뽕짝이 마법처럼 치유해 주었다.

그래서 어머니도 그렇게나 뽕짝을 불렀나 보다.

상 처 받 고

싶 지 않 은 내 일

∧

∧

어릴 적, 몸이 허약해서 한약을 먹었다. 자전거를 타다 넘어지면 무릎에 피가 나기 마련인데, 큰일이라도 난 듯 엄살도 심했다. 등 굣길에 동네 형들한테 용돈을 빼앗겼는데, 그 상황이 너무 무서 워 펑펑 울었다. 함께 있던 친구는 재수가 없는 일이라며 나를 다 독여 주었다. 몸도 마음도 '유리 멘탈'인 나는 상처가 날 때마다 독특한 방법으로 상황을 모면해 왔다.

가정의 불화로 인한 상처는 좀처럼 아물지 않았다. 여전히 내 인 생의 미결 과제로 남아 있으며, 그때가 떠오르면 나도 모르게 눈물이 난다. 배우가 눈물 연기를 해야 할 때 슬픈 생각을 한다는데, 그렇다면 나는 스스로 명배우일까? 결혼 후 가정을 꾸리면서 상처가 희미해지는 기분이 든다. 지금처럼 앞만 보고 달려가면 내 아이는 상처 받지 않을 것이라는 희망이 나를 하염없이 다독인다. 잦은 퇴사로 인한 상처는 좋은 동료를 만남으로써 해소되었다. 어차피 모든 사람들과 평화로울 수 없다면 그것을 인정하고 내 삶을 사랑하는 것이 답이었다. 또한 일로 인한 상처는 퇴근 후 내 꿈을 위한 공부를 하면서 차츰 잊어 갔다. 퇴사를 하면 할수록 그것은 쉬운 일이 되었지만 좀처럼 익숙해지지는 않는다. 퇴사 없는 삶을 위해서 창업을 해야 하는 걸까? 창업을 하면 퇴사는 없겠지만 폐업을 경험하겠지. 그것은 또 다른 상처일 테니 상상만 해도 겁이 난다.

직장인으로 돈벌이를 해 봐야 가난에서 벗어나기 힘들다는 걸 잘 알고 있었다. 그래서 애초부터 가난으로 인한 상처는 아물게 할 생각조차 없었다. 가난에 익숙해진 나는 오히려 상처 위에 삼겹살을 올려 두는 노련미가 생겼다. '삼겹살을 먹고 싶을 때 먹을 수 있는 사람이 부자'라는 새로운 명제를 만든 것이다. 효과가 있었다. 가난이 만들어 낸 상처와 별개로 나도 어쩌면 부자라는 생각이 삶을 풍성하게 만들고 있다.

늘 상처와 싸워야 하는 삶이 만족스럽진 않지만 그래도 내일은 더 나아지지 않을까. 언젠가 상처와 영원히 이별하는 내일을 맞이하겠지. 그러겠지.

오늘도 나는 나를 어루만져야
한다

둘,

내가

누구인지

묻는

나에게

나 는 누 군 가 의

이 름 일 까

∧
∧

회사는 도박을 한다. 사업 아이템을 두고 하는 이야기가 아니다.
사람에 관한 이야기다. 일반적으로 회사는 자기소개서와 몇 번의
면접으로 그 사람을 다 아는 것처럼 채용한다. 반평생을 함께 산
부부도 서로를 잘 모른다고 하는데 어떻게 몇 번의 만남으로 사람
을 판단할 수 있겠는가. 하지만 뾰족한 수가 없다. 일단 함께 일
하면서 서로를 알아 가는 수밖에.

회사는 초기에 직원을 신뢰하는 마음으로 바라본다. 스탠퍼드대

경영대학원 교수인 조엘 피터슨은 《신뢰의 힘》에서 신뢰라는 개념 자체가 낙관주의에 뿌리를 둔 전폭적인 믿음이라고 정의했다. 전폭적인 믿음 아래 직원은 자신의 일을 수행한다. 그러다 어느 날, 회사에서는 작업물의 완성도를 보고, 직원은 회사의 처신이나 미래를 보고 서로 실망한다. 신뢰는 심리적으로 손상되기 쉽기에 금세 불신의 탑이 쌓여 간다. 이런 사이클이 반복되면서 입사와 퇴사가 자연스럽게 이루어지는 현장이 회사다.

한 회사를 오랫동안 근속하고 있는 사람은 신뢰 수준이 높다고 할 수 있다. 수준 판별은 신뢰를 만들어 낸 내적 요소를 살펴보면 된다. 강요, 공포, 보상, 의무감, 사랑 중 무엇이 기저에 깔려 있는지 본인은 잘 알고 있다. 대개 회사는 보상 수준에서 신뢰가 작동하는데, 회사를 사랑하는 직원들이 많아지면 신뢰가 두터워진다고 할 수 있다. 하지만 사랑은 가족 단위에서 생길 수 있는 감정이기에 회사에서 경험하기란 쉽지 않다. 그래서 많은 회사들이 직원을 모집할 때 '가족을 모십니다'라고 광고하는지도 모른다.

내가 현재 다니고 있는 회사는 Trust Capitalist Group을 지향하고 있다. 그래서 '신뢰'라는 단어에 민감하게 반응하며 어떻게 하면 구조적으로 해소할 수 있을지 다양한 방법을 시도하고 있다. 재독 철학자 한병철 교수는 신뢰란 이름에 대한 믿음이라고 말했다. 한 가지 확실한 건 우리 회사에서는 개인마다의 특성을 배려해 한 사람의 인성, 역량을 적극 지지하며 그에 맞는 권한을 부여하고 있다는 것이다. 《신뢰의 힘》에 따르면 이 세 가지 요소가 갖추어지면 신뢰는 자연스럽게 반사적으로 일어난다고 한다. 이 세 가지 요소가 결합해 진정 신뢰가 발현되는 순간은 바로 이름을 믿는 순간이 아닐까.

회사에서 함께 근무하고 있는 사람들의 이름을 떠올려 보자. 당신은 그 이름을 믿고 있는가?

생 산 적

피 로

^
^

피곤하면 자고 싶다. 그런데 너무 피곤하면 오기가 생긴다.

내가 이따위 피로를 이기지 못한다고? 하지만 금세 눈이 감긴다. 눈을 감고 주문을 외운다. 피곤하지 않다, 피곤하지 않다⋯⋯. 그러다 주문이 바뀐다. 십 분 만에 개운해진다, 십 분 만에 개운해진다⋯⋯. 순간 놀라서 눈을 떠보면 오 분도 채 지나지 않았다. 하지만 개운한 느낌이 든다. 마약에 취한다면 이런 기분일까? 단시간에 충전된 비정상적 환골탈태.

피곤을 딛고 일어선 에너지는 눈가에 다크 서클을 생산한다. 이제는 더 이상 지워지지 않는 세련된 문신이 된 검은 그림자. 그래도 내가 계속 움직이고 있음에 감격하며 또 다른 욕심을 부려 본다. 넓혀 가는 삶의 영토를 바라보며, 말똥말똥 미소 짓는 아기를 바라보며 아름다운 혹사를 넉넉히 준비한다.

피곤은 멈추지 않을 테지만 행복은 날이 갈수록 더해질 것이다.

멈출 수 없는 축복의 인생 게임.

―――――――

중심과 중독

사 이

∧
∧

아침에 눈을 뜨면 중심이 바로 선다.

알람 소리가 울리기 무섭게 곧장 샤워를 하고 대충 옷을 챙겨 입는다. 하루 일과를 상상하며 출근길에 오르고, 아홉 시가 되면 모든 집중을 일에 쏟아 낸다. 생각하고 또 생각하며 답도 없는 일에 오기를 부린다. '이봐, 해 봤어?' 라는 기업가 정신이 오기의 밑거름이 될 줄이야.

어록에 감탄하지만 실천하며 탄식한다. 탄식이 쌓이면 내공이 되고, 내공은 권위를 형성한다. 형성된 권위는 물질을 낳고, 물질은 또 다른 집착을 만들겠지. 그렇게 성공의 물망에 오른 인간은 일 중독에 빠진다. 중심을 벗어난 중독은 자신과 타인에게 가하는 폭력이라는 사실을 깨달을 때는 이미 늦었다.

주말에 휴식하며 중독을 털어내고 중심으로 회귀하지만, 경로 의존성에 따라 과거의 중독이 미래의 중심을 지배한다. 일이 삶의 중심으로만 머물러 있어 주면 좋을 텐데 자꾸만 중독되어야 성공할 수 있다며 누군가 손짓한다. 그러다 한계점에 다다르면 스스로 쌓아 온 권위를 무너뜨리고 회사와 이별한다.

슬프고도 가혹한 직장인의 운명.
오늘도 비탈진 중심의 언덕에서 중독을 바라본다.

───────────

이제는 그의 우산이

되고 싶다

∧
∧

한 살 어린 동생이 있다. 대학원에서 공부하다 만난 사이인데 여태껏 연락을 주고받고 있다. 자라 온 환경도 다르고 성격도 달랐지만 인연의 끈은 질겼다. 특정 기간 같은 직장에서 근무하는가 하면, 서로의 결혼 날짜도 하루밖에 차이 나지 않았고, 신혼여행마저 같은 곳으로 가서 같은 공간에서 비슷한 음식을 먹었다. 심지어 아기가 세상에 나온 시점도 한 달밖에 차이 나지 않았다.

늙어 가는 사이클이 섬뜩할 정도로 비슷해 운명의 장난인가 싶어 곰곰이 생각해 보니 모든 사건의 중심에 그의 결단이 있었다. 이

직도, 결혼도, 출산까지도. 이제는 책을 낸 나를 보고 본인도 글을 써서 출간한다고 하니 감탄을 넘어 존경스럽기까지 하다. 나와 같아지려는 그의 노력에 내가 그럴 만한 인물인지 되돌아본다.

그는 함께 있는 사람을 가치 있게 만들어 준다. 상대를 늘 대단한 사람이라 칭하며 한수 배우고 싶다는 말을 잊지 않는다. 그런 대우를 받는 사람은 우쭐할 수밖에 없다. 그리고 자신이 뭔가 되는 것처럼 조언해 주고 삶의 모범이 되려 노력하기도 한다. 나도 그랬다. 그에게 뭔가 알려주기 위해 공부했고, 그에게 자랑하기 위해 이것저것 도전해서 자극을 주려 노력했다. 그 덕에 나는 단기간에 많은 것을 이룰 수 있었고, 그때마다 그는 늘 대단하다며 박수쳐 주곤 했다.

내가 그를 가르친 것이 아니라 그가 나를 가르친 셈이다. 제자리에 머무르지 않고 늘 발전적인 사고를 하게 만들었으니. 그는 동생이 아니라 선생이며, 그가 나와 같아지려 노력했던 것은 실제가 아니며, 나의 우쭐됨만 실재였다. 나를 움직였던 건 상대의 우위에 서려는 교만함이었고, 그를 움직였던 건 상대를 빛나게 하는 겸손함이었다.

나는 어찌 이렇게나 어리석었을까.

기꺼이 나의 선생이 되어 준 동생에게 감사의 마음을 전한다.

싫 어 하 는 사 람 ,

있 습 니 다

∧
∧

회사에서 싫어하는 사람이 생기면 어떻게 해야 할까? 안 보면 그
뿐이라고 쉽게 말하는 이들이 있다. 투명 인간 취급하면 된다고
선심 쓰듯 귀띔해 주기도 한다. 하지만 어떻게 그럴 수 있나.

저기 지나가는데……
밥 먹을 때도 보이는데……
엘리베이터에서 마주치는데……
같은 프로젝트를 하게 되었는데…….

정말 도대체 어떻게 해야 할까. 자기 계발서를 뒤적여 보니 '그 사람을 좋아하라' 는 가이드가 있다. 지금 싫어 죽겠다는데 어떻게 좋아해서 관계를 회복하란 말인가. 온통 공감할 수 없는 말과 비틀어진 지혜만 가득했다.

하루는 만화책을 보는데 '원한해결사무소' 라는 곳이 있단다. 물론 픽션이지만, 이곳에 문의하면 사회적 타살로 깔끔하게 정리해 준다고 하니 이것이 방도일까. 이런 정신 나간 생각까지 치닫게 되니 헛웃음이 절로 나온다.

그러다 어느 날, 우습다고 생각할 수 있겠지만 우리 집 고양이를 통해 큰 교훈을 얻었다. 바닥에서 사료를 먹다가 삽시간에 천장 가까이 뛰어올라 사람들을 관망하는 그를 보며 무릎을 쳤다. 눈앞에 보이는 '현상' 에 집중하기보다 전체 '맥락' 에 집중하는 것이 답이라고. 싫어하는 사람 때문에 회사를 다니는 게 아니라 나의 꿈, 돈, 사회적 관계 등 커다란 맥락 속에서 회사원이라는 옷을 걸치고 있다는 것을 명심하기로.

관점의 문제였다. 하루를 살아가면서 무엇에 집중하며 에너지를 쏟고 있는지 점검해 볼 일이다.

두 가지 차원에서 퇴사를 바라볼 수 있다. 하나는 개인, 다른 하나는 회사. 대부분 개인의 관점에서 퇴사를 이야기하지만, 회사의 관점을 이해하는 것도 매우 중요하다고 생각한다. 어쨌든 퇴사는 쌍방의 소통을 통해 이루어지기 때문이다. 대기업, 중견 기업, 준 공기업의 퇴사, 그리고 벤처 기업의 운영. 다채로운 경험을 토대로 '퇴사'라는 단어를 곱씹어 본다.

이천십 년 십이 월, 처음 사직서를 내밀었다. 그때 얼마나 떨리던 지 사수의 눈조차 마주보지 못하고 말했다. 그때 처음으로 사직 서 제출은 종이가 아니라 전산 시스템으로 이루어진다는 걸 알았 다. 분명 드라마에서 주인공이 직접 써서 책상에 올려 두거나 던 지는 모습을 보았는데, 이상하다고 생각했다. 첫 퇴사를 하고 집 에 있어 보니 후련하고 무서웠다. 입사를 위해 약 두 달간 고생했 던 순간들이 주마등처럼 지나갔다. 최종 합격 통보를 받고는 잘 알지도 못하는 춤을 한껏 추곤 했는데. 누구도 찾지 않는 백수 신 세가 되었다.

첫 번째 퇴사는 도피성이 강했다. 대학 시절 꿈꿔 왔던 직장생활 과는 너무나 달랐기에 심장이 놀랐고, 꿈은 저만치 달아났다.

연인과의 헤어짐을 통해 뼈아픈 성숙이 이루어지듯 첫 번째 회사 와의 이별을 통해 강해져 있었다. 그래서 두 번째 회사는 가장 오 래 근속했다. 이번에는 직무도 내게 꼭 맞는 것으로 선택했기에 만족도가 높았고 사람들과의 관계에서도 큰 어려움이 없었다. 하 지만 마냥 행복이 지속되자 불안해지기 시작했다. 뭔가 사건이

터져야 하는데 세상이 평온했다. 그래서 내가 사건을 조장했다. 더 큰 꿈을 위한 도전이라는 이름으로 사직서를 내밀었고, 축복 속에 전쟁터로 향했다.

사회생활 사 년 차였다.

(개인) '이유 있는' 퇴사

왜 그랬을까? 후회를 머금고 억지로 세 번째 회사를 출근하고 있었다. 주사위는 던져졌고, 이곳에서도 살아남아야 했다. 회사는 경력에 맞는 대우를 해 주었고, 그에 합당한 결과물을 요구했다. 사용자와 노동자 간 거래 관계가 확실히 자리 잡혀 있었다. 그랬다. 더 이상 칭얼거리며 선배들에게 의지할 수 있는 상황이 아니었다. 생각이 많아지던 어느 날, 지인으로부터 회사를 함께 운영해 보자는 제안을 받았다. 그곳은 벤처 기업이었고, 새로운 실험을 하고 있는 곳이었다.

그렇게 세 번째 사직서를 내밀었다.

(회사) 퇴사, '후회' 해도 이미 늦은 것

세상에나. 여기는 아무것도 없었다. 심지어 '제도'나 '프로세스'라는 단어를 싫어한다고 했다. 이럴 수가. 그럼 어떻게 일한다는 거지? 그들은 자신의 스케줄에 따라 자유롭게 일했고, 대학 동아리를 보는 기분이었다. 인간은 적응의 동물이라고 했던가. 나 또한 어느 순간 누구보다 잘 적응하고 있었고, 내가 담당하고 있는 사업부에 맞는 사람들을 채용했다. 세 명에서 시작한 일이 스무 명이 되었고, 지금까지의 회사와는 비교할 수 없는 동지애를 경험했다. 그러다 그들은 하나둘씩 '돈', '복지', '꿈', '쉼'을 찾아 회사를 떠났고, 그들을 잡으려 했지만 잡히지 않았다. 내가 퇴사했을 때 뒤도 돌아보지 않고 직진했듯 그들도 그랬다.

퇴사가 개인에게는 새로운 기회일지 모르지만 회사는 어쨌든 그 공백을 메워야 했다. 누군가 한 사람을 채용하기 위해 소요되는 시간은 대략 두 달. 그렇게 입사한 사람이 회사에 적응하고 업무를 익히는 데 소요되는 시간은 대략 세 달. 좋은 사람 찾기도 쉽지 않을 뿐더러 그 사람이 일을 잘하리라는 보장도 없다. 그래서 사람이 귀하다. 물론 회사에서 속만 썩이던 누군가가 퇴사한다고 하면 곧바로 새로운 도전을 응원해 주겠지만, 사실 그런 사람은 알아서 조용히 자리를 비운다.

개인 차원에서 퇴사는 새로운 '기회'지만, 회사 차원에서는 더 잘해 주지 못해 '후회'하는 순간이다. 사용자와 노동자가 주고받는 거래도 '관계'로부터 파생되는 것이기에 상호 간 최소한의 도리를 다하는 것이 사회생활의 기본이 아닐까.

노동 시장의 건강한 선순환을 위해 아무튼, 퇴사는 계속되어야 한다.

저 와   갓 샷

한 잔 하 시 겠 습 니 까

^
^

한 잔 커피에 담긴 위로의 양은 평등하지만 그걸 마시는 사람들의
상처는 결코 똑같지 않지.   − 허영만, 《커피 한잔 할까요?》

이른 아침, 출근하자마자 아메리카노 한 잔을 내리고 모니터를
바라본다. 당장 해야 할 일이 있지만 근무 시작 전이기에 두뇌 속
창작 세포들은 열심히 운동 중이다. 여기에 갓샷(창작에 영감을
주거나 삶의 변화를 일으킬 만한 극적인 커피 한 잔)이 더해지면
세포가 분열하듯 창작 열기가 한껏 더해진다. 그때부터 나도 모

상처받고
싶지않은
내일

르게 이것저것 써 내려간다. 의식의 흐름대로 단어와 단어를 조합하고 문장을 끌어다 색을 입힌다. 문득 누군가 내 모니터를 볼까 봐 긴장 속에 글을 써 내려가기에 쥐어짜 내는 듯한 끝맺음이 있다.

그렇게 아홉 시가 다가오고 창작 운동을 멈춘다. 머릿속에 자꾸만 떠오르는 상상력을 달래기 위해 커피를 마시고 또 마신다(일명 일샷). 카페인은 피곤이 아닌 직장인으로서의 본분을 일깨워 주고, 가슴을 뛰게 해 일할 수 있는 기운을 북돋아 준다.

퇴근 후, 책상에 앉아 창작 세포를 자극시키려 했지만 움직이지 않았다. 일할 때 에너지를 소모하면서 내 안의 세포들도 끌려갔나 보다. 할 수 없이 침대에 누워 잠을 청해 보지만 억울한 마음이 치밀어 쉽게 잠들지 못한다. 메모장에 이리저리 휘갈겨 보지만 답답한 마음에 고구마만 한 입 베어 무는 상황이랄까. 또 다시 커피 생각이 나고, 지금 커피를 마시면 갓샷이 임할지 일샷이 임할지 잠시 고민해 본다.

상상으로 한 모금 마시고 잠시 후 눈을 떠 보니 아침이다. 샤워를 하고 출근길에 오르자 창작 세포들이 다시금 운동하기 시작했다. 오늘은 밤늦게까지 잘 버텨 다오.

그 처 럼

살 수 있 을 까 요

^
^

저도 강사로 성공할 수 있을까요?

강의를 하고 싶은 거야?

네. 하고 싶은 일이기도 하고 돈도 많이 벌고 싶어서…….

우선 땅을 파야 돼. 빛을 보지 못하는 기간을 견뎌 내야지.

맞습니다. 근데 제가 그 시간들을 버틸 수 없는 사정이 있습니다.

막상 땅을 판다고 해도 파다가 도망치는 사람들 많아. 용기가 없
는 거지. 끝까지 믿음을 갖고 전진할 수 있는 용기를 가진 자만이
결국 빛을 볼 수 있는데 말이야.

용기…….

그리고 결국 자기 것을 하는 게 관건이야. 용기를 내서 남 좋은 일을 시키는 게 아니라 그 용기로 자신만의 무엇을, 자신이 주인인 것을 해야만 결국 의미 있는 성공이 되지.

땅을 파기 시작하고, 끝까지 용기를 잃지 않고, 결국은 내 것을 하는 것. 이것이 선배가 말한 성공의 조건이었다. 세 가지 중 나는 아무것도 가진 것이 없었다. 이 사실을 깨닫고도 도저히 땅을 팔 엄두가 나지 않았다. 나는 어느덧 영락없는 회사원이다.

머릿속 질서가 무너지는 느낌이었다. 동시에 출근, 야근, 퇴근, 월급날 등 맞추어진 퍼즐이 흩어질까 봐 두려움이 몰려왔다. 이러다 망부석이 되면 누구를 원망해야 할까.

꽃피지 못한 청춘의 호소는 오늘도 땅 속에서 구원의 손길을 기다리고 있다.

멈 추 어 도   여 전 히

보 이 지   않 는   것 들

∧
∧

싫어하는 사람을 내 가슴속에 넣어 두고 다닐 만큼 그 사람이 가치가 있습니까? 내가 사랑하는 가족, 나를 응원하는 친구만 마음에 넣어 두십시오. 싫어하는 사람 넣어 두고 다니면 마음병만 얻습니다.

– 혜민, 《멈추면, 비로소 보이는 것들》

그의 말에 고개가 끄덕여진다. 하지만 마음이 동하는 만큼 얼마나 실천할 수 있을지 고개가 갸우뚱. 정답을 알면서도 왜 행동하지 못하는 걸까? 타고난 본성이 글러 먹어 노력해도 안 되는 걸까? 멈추어 서서 아무리 생각해도 보이지 않는다. 어떻게 하면 사랑하는 사람들만 마음에 넣고 다닐지.

때때로 미워하는 이들이 예고 없이 나의 일상에 침투한다. 생각의 문이 있다면 자물쇠로 잠그고 싶은 심정이다. 그러다 미워하는 그들을 실제로 마주하는 날이면 분노는 몸속에서 춤을 춘다. 표정은 자연스레 굳어진다. 슬며시 눈을 감고 코피 나도록 때려주는 상상을 한다. 사람 좋은 척은 혼자 다 하면서 상상 속에서는 이미 범법자이다. 경찰이 지금까지 상상했던 순간들을 수사한다면 나는 수십 개의 죄목으로 수갑의 노예가 될 것이었다.

엄마는 평생 내게 '공부 좀 해라' 대신 '착하고, 건강하게'를 강조했다. 하지만 나는 청개구리처럼 지금껏 공부하고 있으며 착하지도 않다.(실력도 없는데 공부하다 보니 육체는 피곤하고 학자금 대출은 쌓여만 간다.) 미워하는 사람들 때문에 마음의 병까지 얻었으니 건강하다고도 할 수 없다.

내 기억의 창고에는 '데스 노트'가 있다. 어느 날 머릿속으로 그 노트를 펼쳐 보며 무릎을 '탁' 쳤다. 나는 그들이 나를 좋아하기를 기다리고 있었다. 나는 모든 사람들과 잘 지내고 싶었다. 사람과 관계에 대한 욕심이 마음의 병을 낳았고 때로는 상상의 범죄로 이어지고 있었다.

혜민 스님의 말대로 실천하지 못하는 이유는 알았지만, 어떻게 마음의 병으로부터 탈출할 수 있을지 모르겠다. 욕심의 끈은 나를 쉽사리 놓아주지 않는다.

나도 그곳에
숨겨 두었다

∧
∧

사람은 누구나 약점을 지니고 있다. 가까운 친구에게도 이야기하지 못할 약점은 마음속 깊은 곳에 꼭꼭 숨겨 두기 마련이다. 심지어 부모라도 그 약점을 건드리는 날이면 분노 게이지가 폭발해 불효를 범하고 만다. 대통령, 판사, 윤리 선생 할 것 없이 인간은 누구나 공평하게 연약하다.

영화 〈7호실〉에서, 망해 가는 디브이디방 사장 신하균과 학자금 빚에 시달리는 도경수가 약점 한 가지씩 숨겨 두었다. 디브이디방 7호실에. 아르바이트생 도경수는 큰돈을 마련하려 마약을 몰래

7호실에 숨겨 두었고, 신하균은 디브이디방에서 청소하다 감전 사고로 죽은 조선족 아르바이트생을 7호실에 유기했다.

두 사람은 서로의 비밀을 지켜 주기로 약속했다. 그리고 시체를 처리하고 마약을 숨기는 일에 콤비를 이뤄 마침내 경찰의 눈을 피하는 데 성공한다. 그들은 자유를 얻었고, 각자의 길을 걸어갔다. 영화는 끝났고, 나는 허전했다.

다들 힘들게 살고 있다는 걸 다시 한 번 절감했다. 그래서 위로가 되기도 했지만, 그들의 블랙 코미디에 쓸쓸함이 가시지 않았다. 나 또한 누군가에게 말할 수 없는 비밀을 잔뜩 숨기고 있다. 내 '7호실'에. 하지만 나는 아직 자유를 얻지 못했다. 혹 자유를 얻는다고 해도 여전히 허전할 것 같다. 일시적으로 약점을 감출 수는 있지만 연약함으로부터 완전히 벗어날 수 없는 것이 인간이기 때문이다.

조 직 적

은 폐

∧
∧

대통령, 과학자, 판사, 경찰관, 선생님…….

학창 시절의 그 많던 꿈들은 누가 앗아갔을까? 주변을 둘러봐도
여전히 그 꿈을 움켜쥐고 사는 이는 없다. 버스가 오면 타고, 급
행열차가 도착하면 환승한다. 점심을 먹으면 저녁을 먹고, 어두
워지면 침대에 머리를 대고 내일을 맞이한다. 술 한잔 걸치는 날
이면 품고 있던 꿈의 잔재를 슬며시 꺼내 들지만 다음날이면 보란
듯이 사라진다.

단 한 번도 상의한 적이 없지만, 한순간의 오차도 없이 다 함께 꿈을 숨겨 버렸다. 조직적 은폐. 어떤 용기 있는 자가 판도라의 상자에 구멍을 낼 것인가. 골몰히 생각하는 사이, 월급이 입금되었다. 한동안 상자는 봉인될 것이었다. 그렇게 조직적 은폐는 정당화된다.

아 는 것 도

병 이 라 면

많이 알고 싶었다. 그래야 더 많이 보일 테니까. 많이 볼 수 있으면 성공과 가까워지리라 생각했다. 하지만 근심만 늘어 간다. 지혜를 방출한 학자들의 이야기는 좋은 지침서지만 그대로 살아보려니 힘들다. 더욱 난감한 건 한번 알고 나면 모른 체하기도 쉽지 않다는 것. 그래서 지식 생태학자 유영만 교수는 '공부는 돌이킬 수 없는 변화'라고 했는지도 모른다.

나는 회사에서 인사를 담당하고 있다. 인사 담당자는 직원들을 많이 알아야 한다. 급여는 물론이고 개인 사정까지 속속들이 알

되 누구에게도 발설해서는 안 된다. 많이 알고는 있는데 해결해 주지 못하고 마음속에 꽁꽁 싸매고 다녀야 하는 운명이다. 일반적으로 좋지 않은 일이 대부분이라, 그걸 품고 있는 자체가 또 다른 근심을 낳기 마련이다.

뭔가를 안다는 자체가 이렇게 고통일 줄이야. 대체 누가 아는 것이 힘이라고 했을까. 앎은 감당할 수 있는 사람에게는 축복이요, 앎에 지배 당하는 사람에게는 재앙임에 틀림없다. 이런 상황 속에서도 나는 지식적 앎과 인사적 앎을 멈출 수 없다. 이제는 운명을 넘어 숙명이 되었다.

엄마가 요리를
멈추지 못하는 이유

∧
∧

당신에게 안부 전화를 할 때마다 첫마디는 '밥'이다. 서른 살 넘은 아들의 밥걱정에 때로는 하실 말씀을 잊으시곤 한다. 그러다 고향에 내려가겠다고 말씀드리는 날이면 반드시 '무엇이 먹고 싶은지' 확인하신다. 그리고 내 일정을 체크하면서 집에서 몇 끼를 먹을 수 있는지 계산하시고, 내가 먹고 싶다고 내뱉은 음식을 끼니마다 만들어 주신다.

서울에서의 삶이 고달픈 상황에서 통화할 때면 나도 모르게 먹고 싶은 음식을 잔뜩 풀어놓는 불효를 범한다. 돼지고기 두루치기, 김치찌개, 유부초밥, 미역국, 김치전, 소고기 전골, 갈치찌개…….당신은 고민 없이 조심히 내려오라는 말과 함께 전화를 끊는다. 그리고 집에 도착하면 레스토랑에서 구경할 수 있는 코스 요리가 준비되어 있다. 찌개가 놓여 있지만 국이 함께 하고, 메인 요리로 육류가 있건만 생선 또한 주요한 자태를 드러내고 있다. 싱싱한 푸른 채소가 조화롭게 밥상 위에 장식되어 있는 것은 두말하면 잔소리다. 이렇게 만들어진 따뜻한 밥상은 맛있을 수밖에 없다. 이 상황에서 밥을 한 그릇만 먹는 비정상적인 사람은 없으며, 못해도 두 그릇을 먹고 아쉬움을 뒤로한 채 남겨진 반찬을 바라보며 기억 속에 저장하는 것이 일반적이라고 할 수 있다.

당신은 무슨 이유로 밥을 해주는 걸까? 보릿고개의 어려움을 온몸으로 체험한 터라 아직까지 밥에 대한 갈망이 남아 있는 걸까? 수년간 나를 위해 밥을 지어 준 관성 때문일까? 당신에게 직접적으로 물어본 적이 없으니 아직까지 그 이유는 모르겠다. 하지만 분명한 것은 당신이 만들어 준 밥이 세상에서 제일 맛있다는 것이다. 사람들은 이런 밥을 두고 집밥이라고 부른다. 단순히 한 개인이 자신을 위해 집에서 밥을 하고 반찬을 만들어 한상을 차려 먹는 것은 집밥이라고 할 수 없다. 엄마의 숨결과 사명감 그리고 수 십 년간 쌓아 온 노하우가 고스란히 담겨 있을 때 비로소 집밥이 라고 부를 수 있다.

늘 혼신을 다해 밥을 해주는 당신에게 나는 과연 무엇을 해주었 을까? 맛있게 먹고 사회생활이 힘들다는 푸념만 늘어놓지 않았던 가. 그 흔한 라면 하나 제대로 끓여 드린 적이 없음에 가슴이 아려 온다. 이번 명절에 찾아뵈면 레시피를 뒤져서라도 아들이 직접 만 든 집밥을 해 드려야겠다고 다짐해 본다. 음식에 맛을 담을 수는 없겠지만 마음은 담을 수 있겠지.

당신은 늘 이런 마음으로 요리하신 걸까? 사랑하는 사람을 위해 음식을 만드는 상상만으로도 가슴이 벅차오르는 것을. 그렇다. 당 신은 지금까지 그랬고, 앞으로도 이유 없이 내 밥을 챙겨 주실 것 이다.

당 신 의 발 을

닮 아 가 는 내 손

^
^

퇴근한 당신의 발바닥을 주무른 때가 있었다. 그 시절, 내 양손으로도 당신의 발을 온전히 감쌀 수 없었기에 한 번 시작하면 이십 분은 족히 지나갔다. 당신은 때때로 씻지도 않고 잠드는 경우가 있었는데, 그럴 때는 평소보다 더 힘든 시간이었다.

어느 날, '아빠는 왜 발바닥이 아프다고 할까' 라는 의문이 생겼다. 하루 종일 돈 버느라 뛰어다녀서일까, 일순간의 시원함을 누리고 싶어서일까? 그러다 알았다. 당신은 당뇨 때문에 발바닥의 혈액 순환이 잘 안 되었고, 그래서 발을 잘 관리해야 하는 거라

고. 어쩌면 당신의 유일한 낙은 아들의 작은 손으로 발에 산소가
공급되는 순간이었을지도.

당신과 멀어진 뒤에야 무지한 아들은 깨달았다. 당신의 든든한
버팀목은 아들이었다는 것을. 늘 그렇듯 후회했을 때는 이미 늦
은 법. 어른이 된 내 손은 염치없이 커졌지만 키보드를 두드리는
일 외에는 좀처럼 사용할 곳이 없다.

농 담 할   기 분

아 님

^
^

빈손이 가장 행복하다고 많이 버릴수록 행복해진다고 부자들만
말하더라. 많이 버리려면 많이 갖고 있어야지.

– 유병재, 《블랙 코미디》

유병재 농담집 《블랙 코미디》를 읽는데, 쓴웃음이 폭발했다. 이
유는 두 가지다.

첫 번째, 나는 빈손이 왜 행복한지 모르기 때문이다. 늘 빈손이었
으니 빈손이 얼마나 서러운지만 알고 있다. 그런데 버릴수록 행복

해진다는 부자들의 고백을 듣고 있으면 이건 정말이지 신세계다.

두 번째, 나는 앞으로도 버릴 기회가 없을 것이기 때문이다. 새고 있는 구멍을 막고 나면 이번 생은 다 갈 것 같다. 자식에게 물려줄 보릿자루 하나 없이 빠듯하게 살아갈 지경이라 버린다는 의미를 모르겠다. 추운 날 때때로 음식물 쓰레기를 버려 본 적은 있어도.

블랙 코미디에 웃음기를 멈추었다. 농담할 기분이 아니었을까? 자격지심 때문에 부끄러운 이가 드러난 걸까? 오늘 하루도 바삐 지나갔다.

나 를

만 났 다

∧
∧

중년의 남성이 점퍼 속에 뭔가를 숨기고 천천히 걸어가고 있었
다. 그는 점퍼에 달린 모자를 야무지게 쓰고 있었고 그 때문에 얼
굴은 확인할 수 없었다. 나는 가던 길을 계속 가려 했지만 발걸음
은 이미 그와 동행했다.

열 걸음 정도 더 갔을까, 외진 곳이 나타나자 그는 걸음을 멈추고
품고 있던 것을 살포시 바닥에 내려놓았다. 사분의 일 정도 남은
소주병이었다. 서서히 모자를 벗었고, 주변을 둘러보고 뚜껑을

열었다. 그리고 단숨에 남은 액체를 들이켰다. 세상의 쓴맛을 음미하는 것인지 고개를 떨어뜨리고 한동안 미동조차 없었다.

거리에서 생활하는 사람 같았다. 신발이 한 짝 없었고 바지는 더럽혀져 있었다. 머리칼은 단정하지 않았고, 손등은 까칠한……. 그에게 다가가 말을 걸어 보고 싶었지만 그의 얼굴은 여전히 땅을 향하고 있었다.

나는 다시 가던 길을 가기로 했다. 큰길가로 나가자 줄지어 보이는 카페들. 사람들은 그곳에서 조각 케이크를 앞에 두고 커피를 마시고 있었다. 누군가는 웃고 있었고, 또 누군가는 자신의 일에 심취해 있었다. 그들은 자신의 삶을 숨김없이 뽐내고 있었다. 이 세상에 속한 자격 있는 사람들. 그 사내와는 너무나 상반된 모습이었다.

나도 누군가와 같이 커피를 마시며 사람들과 대화를 나눈다. 하지만 나는 종종 뒷골목에서 혼자 삶을 고뇌했던 그와 같이 고개를 떨어트리곤 한다. 고독을 충전하고 보통날에 다시 광기를 표출할 수 있다. 그래야 살 수 있다. 그래야 내일이 있고 지금을 견딘다. 문득 그가 있던 곳으로 돌아가고 싶어졌다. 잰걸음으로 움직였다. 그는 이미 흔적조차 사라진 뒤였다. 그가 품고 있던 소주병과 함께.

나는 그의 자리에 앉아 하늘을 쳐다보았다. 그도 이 하늘을 보고 일어섰으면 좋으련만. 이 세상에는 내가 아닌 내가 참 많다. 내일 은 또 다른 나를 만나겠지.

제 목 없 는

하 루

∧
∧

버스에서 내려 아파트를 향해 걷는다. 어제 오늘 눈이 많이 와서
세상이 온통 하얗다. 그 풍경에 눈길을 빼앗기는 동안 다리는 휘
청거린다. 바닥이 미끄럽고, 밤이라서 앞이 잘 보이지 않는다. 고
개를 들 힘도 없다. 칼바람을 피해 실눈만 뜰 뿐.

산 중턱쯤 있는 아파트에 도착하려면 반드시 오르막길을 타야 했
다. 이를 악 물고 다리에 힘을 주기 시작했다. 이따위 눈발쯤이야
거뜬히 이겨낼 수 있다며 오히려 보폭을 넓혔다. 얼어 버린 눈이
무색하게 경보하듯 걷고 또 걸었다.

역시나 다리는 튼튼했고 오히려 눈들이 부서지는 느낌을 만끽했다. 버스에서 막 내렸을 때의 휘청거리는 모습은 까맣게 잊고 거만하게 어깨만 들썩거렸다. 저 멀리 한 남자가 허리를 숙이고 무언가 찾고 있다. 귀중품을 잃어버린 걸까? 저러면 미끄러져 넘어질 텐데.

아뿔싸. 경비실 할아버지께서 허리를 숙인 채 염화칼슘을 뿌리고 계셨다. 튼튼하다고 여겼던 내 다리가 부끄러웠다. 들썩거리는 어깨가 갑자기 멈추었다.

아직 한참 멀었구나.

장 보 는 걸

좋 아 하 느 냐 고 요

∧
∧

신입 사원 시절, 모두에게 모범이 되었던 과장님이 있었다. 인사
는 기본이며 일도 얼마나 잘하는지 옆에서 지켜보고 있으면 감탄
이 절로 나왔다. 과장님이 특히 멋진 이유는 상사보다 후배에게
더 친절했기 때문이다.

하루는 과장님과 단둘이 출장을 갔고, 긴 시간 동안 대화할 기회
가 생겼다. 인터뷰하듯이 질문을 이어가던 중 갑자기 궁금한 게
생겼다.

과장님은 언제 가장 행복하세요?

수첩에 필기할 요량으로 대답을 기다렸다.

나는 마트 갈 때가 제일 행복해. 내가 번 돈을 가장 자유롭게 쓸 수 있어서 좋고, 마트에서 사온 음식으로 가족과 함께 집에서 밥을 먹을 때면 이게 행복이구나 느끼지.

예상치 못한 답변에 머리가 띵했다. 너무 거창한 말을 기대했는지 마트에서 장볼 때가 가장 행복할 줄은 생각도 하지 못했다. 과장님은 남자였고, 가정의 경제를 책임지고 있었고, 늘 책과 가까이 하면서 스스로 학습을 통한 업무의 진보를 일궈 낸 분이었다. 그래서 뭔가 도전적인 말을 할 줄 알았는데. 내 사고방식이 잘못되었다는 걸 깨달았다.

육 년이 지난 지금, 나는 마트에 장을 보러 간다. 저녁 식사를 위해 돼지고기가 필요하고 상시 식량인 라면과 달걀도 필요하다. 먹고 싶었던 만두와 햄도 몇 가지 쓸어 담는다. 평소에 잘 먹진 않지만 건강을 위해 갖가지 채소도 빼놓지 않는다. 아쉬운 발걸음을 달래기 위해 아이스크림도 몇 개 집고, 계획에 없던 세일 중인 과일까지 포함한다. 어느덧 장바구니는 넘치고, 기분은 최고조에 달한다. 초콜릿 한가득 입에 문 아이처럼.

당시에는 이해하지 못했던 과장님의 답변이 결혼 후 아기를 낳고 가장이 되고 나니 사무치게 이해된다. 가장 행복한 시간이 마트 가는 날일 수 있어서 감사하다. 풍족하게 먹을 수 있는 행복은 누구에게나 주어지는 권리가 아니기 때문이다.

한 달 중 마트에서 장 보는 시간은 대략 한 시간. 내가 마트를 오기 위해 일해야 하는 시간은 대략 백육십 시간. 한 달 치 월급 중 빼고 또 빼고 모두 빼고 난 뒤에 남는 돈으로 올 수 있으니 백육십 대 일의 비율로 행복을 느낄 수 있는 셈이다. 오늘 마트를 다녀왔으니 또 다시 백육십 시간을 기다려 본다. 눈 깜짝할 사이에 한 달이 지나간다는 사실을 나는 잘 알고 있다.

왜 그 곳 에 가 느 냐

묻 는 다 면

^

^

서점에 있으면 마음이 편해진다. 쥐고 있던 고민을 모두 놓고 사방을 둘러보며 책을 뒤적거린다. 딴생각할 겨를이 없다. 내 눈 앞에 보이는 수천 권의 책 표지를 보기에도 부족한 시간이다. 다 읽지도 못할 대여섯 권을 집어 들고 빈자리를 찾아 웅크리고 앉는다. 몇 페이지 보다가 질리면 다른 책을 읽고 머리가 아프면 그림만 뚫어져라 본다. 그러다 인상 깊은 문장이 있으면 메모장에 살짝 적는다. 이래도 되나 싶을 정도로 책은 사지 않고 자리만 계속 차지하고 있다.

돈을 벌지 않아도 된다면 서점으로 출근할 텐데.

몇 년째 이 생각을 하고 있다. 매일 종이에 파묻혀 상상의 나래를
마음껏 펼칠 수 있다면 얼마나 좋을까. 어쩌면 나뿐만 아니라 모
든 직장인들의 꿈인지도 모른다. 이 꿈을 누군가는 실현하며 살
고 있겠지. 그렇다면 그라도 만나보고 싶다. 대리 만족이라도 할
수 있게. 이변이 없다면 평생을 노동해야 할 운명인 나는 지금의
상황에 순응하며 살고 있지만 때때로 저항하고 싶다. 그래 봐야
어쩌다 로또를 사는 게 전부이지만.
주말이라도 서점에 머물 수 있음에 감사하며 오늘도 책을 사려고
한다. 한 달 내내 고생한 나를 위해.

그 처 럼   찬 란 한

내 일 이 기 를

∧
∧

학창 시절, 내 필통에는 학용품이 한가득 들어 있었다. 면으로 된
필통의 지퍼가 닫히지 않을 정도였다. 볼펜, 샤프, 자, 그리고 형
광펜도 색깔별로 자리하고 있었다. 수업 시간에 공책에 오색찬란
한 빛깔로 말끔히 기록하고 나면 나도 모르게 짜릿해졌다. 두고
두고 볼 것도 아니면서 참고서보다 더 예쁘게 쓰고 싶었다. 이런
내 취향을 잘 알고 있던 친구들은 수업 중 꿀잠을 잔 뒤 내 공책
을 보고 필기하곤 했다.
어른이 된 지금도 여전히 학용품을 좋아한다. 새로운 펜을 만나

면 무언가를 기록하고 싶고 일도 잘되는 기분이 든다. 하지만 금세 질려 또 다른 펜에 눈길을 주는 몹쓸 짓을 한다. 그렇다고 값비싼 만년필을 좋아하는 건 아니다. 그것은 필요 이상으로 묵직하고, 흘러나오는 잉크의 움직임이 나를 불편하게 한다. 잘 써야할 것 같고, 잃어버리면 아까워 발을 구를 것 같은.

책상 위에 놓인 각양각색의 싸구려 펜들이 오늘도 나를 만족시킨다. 각자마다 제 일을 하며 한순간도 나를 떠나지 않는다. 그들은 정체했고, 나는 그 위에 운동한다. 바닥에 그들의 머리를 박고 한없이 나아가다 보면 고름이 쌓이고 고민도 깊어져만 간다. 풀 수없는 세상의 이치를 등진 채 오늘의 얼굴을 어루만져 본다.

'하루가 지나고 또 하루가 오겠지. 그 사이마다 펜들은 언제나제 일을 잊지 않을 거야.'

───────

이런 밥벌이라면
좋겠다

∧
∧

월급만으로 생계유지가 어렵다는 걸 서른 전에 깨달았다. 여기서 '생계'는 나를 둘러싸고 있는 모든 환경을 포함한 개념이다. 누구에게 얼마, 어디에 얼마. 그래서 얼마, 저래서 얼마. 그 수많은 얼마들이 모이면 월급은 가상 화폐보다 더 가짜 같은 무엇이 된다. 내 잘못이 아니었다. 이번 생에 내가 감당해야 할 '게임 미션'이라고 생각했다.

게임 속의 나는 계속해서 레벨업하고 있었다. 내가 장착한 아이템은 물론 살고 있는 세계도 점점 밝아지는 듯했다. 기분 탓인지는 몰라도. 그러다 어느 날, 내 삶이 정상 궤도로 돌입하기 위한 시간을 계산했더니 최소 십 년이 나왔다. 백 세 시대에 십 년 정도야 짧다고 생각할 수 있지만 내게는 너무 혹독했다. 답답했다. 점핑하고 싶었다. 장애물을 하나씩 넘어야 하는 게 보통의 삶이라면, 나는 서너 개씩 넘으며 초인이 되고 싶었다.

제주도의 조용한 카페에서 아메리카노를 마시며 글을 쓰는 모습. 글 소재를 발굴하기 위해 배를 타고 모험하는 모습. 무라카미 하루키를 만나 재즈를 들으며 함께 소설을 구상하는 모습. 이런 환상이 내가 초인이 될 수 있는 원동력이라 생각했다. 그래서 매일 새로운 모습을 상상하며 퇴근 후 글을 쓰고 또 썼다. 이제는 취미가 아닌 밥벌이로 글을 쓰는 시간이 제법 많아졌다. 글을 투고하거나 기사를 써 주거나 때때로 서평을 쓰는 일까지. 낮 시간의 육체노동과 밤 시간의 정신노동이 만나 생계유지라는 목표를 달성하는 데에 이르렀다.

《해머 헤드》의 저자 니나 맥러플린은 글쓰기를 일이라고 깨달을 때 자신을 작가로 부를 수 있다고 했다. 첫 책을 내고 누군가로부터 작가라는 말을 들었을 때 낯간지러웠지만 이제는 덤덤하다. 내가 뭇 작가들처럼 잘 써서가 아니라 어느새 글쓰기를 일이라고 생각하고 있기 때문이다. 이런 지금의 내가 불쌍하기도 하고 기특하기도 하다.

돈에 개의치 않고 글만 쓰는 낭만적인 작가가 되기란 이번 생에서는 글렀지만, 나의 다음 생이라 할 수 있는 내 아이는 꿈꿔 볼 수 있지 않을까. 내 아이가 하는 일은 시간에 쫓기며 업무를 처리하는 일과는 달랐으면 좋겠다. 평생 스스로 작가라고 생각하지 못하고 살기를.

멀 티 포 텐 셜 라 이 트

‘다능인’을 뜻하는 멀티포텐셜라이트(multipotentialite)라는 용어
가 있다. 말 그대로 관심사와 창의적인 활동 분야가 많은 사람을
의미한다.

나를 가리키는 용어라고 생각했다. 나는 대학에서 경영학과 정치
학을 전공했고, 사회생활을 하면서 평생 교육학을 다시 전공했으
며, 석사는 상담 심리학을 했다. 그리고 TESOL 석사 과정을 공
부하다가 자퇴했으며, 지금은 교육공학 박사 과정 중에 있다. 지
금까지의 전공을 모두 나열해 보면 딱히 일관성이 없다. 이런 내

가 스스로 생각해도 한심한 경우가 있다. 대체 나중에 무얼 하려고 이렇게 다방면에 관심을 갖고 살고 있는지. 그것도 혹독한 직장생활을 하면서.

하지만 다능인이라는 개념이 나를 위로했다. 그리고 다능인에는 누구나 들으면 알 만한 의사 교육을 받고 철학자가 된 아리스토텔레스, 정치가가 된 것에 더해 피뢰침과 이중 초점 안경을 발명한 벤저민 프랭클린, 그리고 뛰어난 화가이자 발명가이자 수학자였던 레오나르도 다빈치 등이 해당되었기에 앞으로도 계속 다능인으로서 살아가도 좋겠다고 생각했다.

다능인으로서 살아가다 보면 늘 두 가지가 마음에 걸렸다. 첫 번째는 경제적 불안정이다. 전공을 이렇게나 바꿔 가며 공부했는데 직장 생활은 어땠겠는가. 사회생활 팔 년차에 벌써 다섯 번째 직장을 다니고 있다. 어떤 곳은 삼 년 이상, 어떤 곳은 삼 개월 만에 때려치우기도 했다. 이러다 보니 연봉 협상, 퇴직금 등에 불이익을 당하는 경우가 있었고, 대책 없이 그만둘 때면 통장 잔고 때문에 일회성 노역을 하며 끼니를 때워야 했다.

두 번째는 커리어이다. 세 번째 이직을 위해 면접을 봤을 때 면접관이 어떤 큰 그림을 가지고 이직을 선택했느냐고 물었고, 경력 기술서만 훑어보면 도대체 무엇을 하려는지 모르겠다고 말했다. 그 분은 정확히 맞는 말을 했다. 나도 내가 도대체 무엇을 하려는지 알 수 없었다. 하지만 해당 회사에서 최종 합격 통보를 받았고, 입사하지 않았다. 그 면접관의 질문 덕분에 진정 도전해 보고 싶은 것을 찾았기 때문이다. 나는 지금 또 다른 업계에서 다른 일을 하고 있다. 물론 이전에 했던 일과 어느 정도의 유사성을 갖고 시너지를 낼 수 있는 일이다. 하지만 앞으로 내가 또 무슨 일을 할지 나도 전혀 감이 오지 않는다.

앞으로도 다능인으로 살아가면서 두 가지 문제에 계속 직면하겠지만, 멈추지 않을 것이다. 한 번 사는 인생, 하고 싶은 일을 하면서 살아야 하지 않을까. 그래야 떠날 때 후회 없지 않을까.

꿈이 있다면 달빛으로도

충분하다

셋.

꿈꾸는
날을
나무라지
마라

)*

이 사   가 는
날

∧
∧

햇살이 들어오기에는 좁은 공간이었다.

바닥에 몸을 맡기면 한가득 채워지는 방 구조 덕분에 햇살에게 양
보할 자리란 없었다. 오히려 집 밖으로 발걸음을 내밀면 햇살이
은근히 다가와 주있다. 이렇게 세입자의 이기적인 탐욕으로 쓰는
방을 반지하 원룸이라고 한다.

이쪽 원룸에서 저쪽 원룸으로 옮겨가는 일을 칠 년째 했다. 이제
는 눈만 감아도 원룸의 구조가 훤히 보이고, 웬만한 짐짝도 거뜬
히 소형차에 구겨 넣을 수 있다. 이사 대행업체의 존재성을 민망

하게 만들 정도로 척척 착착. 주변 친구들과 동생들도 한 팀이 되어 주었다. 이리저리 방랑하는 동안 약간의 돈을 움켜쥐었는데 아무리 계산해도 집을 소유하는 것은 애초에 글러 먹었음을 깨달았다. 그래서 매번 이사를 끝내고 먹었던 자장면이 속을 더부룩하게 만들었나 보다.

하지만 이번은 달랐다. 늘어난 짐을 핑계로 포장이사를 신청했고 지불한 돈만큼이나 내 몸이 편안해지는 걸 느꼈다. 나는 방향만 제시했다. 버려야 할 것과 함께 가야 할 것을 구분했고, 사정이 있는 물품에는 별도의 언급을 남겼다. 신기할 정도로 빠른 시간에 물건들이 정리되었고, 그곳에 담긴 내 추억만 빼고 고스란히 박스로 옮겨졌다. 먼지투성이의 빈 공간을 보며 후련함과 서글픔을 느꼈다.

이제는 가야 했다. 새로운 터전으로. 그곳은 햇살이 쨍쨍 들어와도 내 공간을 침해하지 않을 테니. 자장면을 곱빼기로 먹고도 청량함을 느낄 차례다. 이렇게 나는 자본주의의 열심 당원이 되어간다.

걱 정 을

헤 아 리 는 밤

ᐱ
ᐱ

통장에 비친 내 얼굴, 잔고가 미래를 감춰 버린다. 눈을 감으면 뱃고동 소리가 들려오는 어느 마을 어귀에서 여유롭게 서성이는 내가 보이지만, 이는 오직 눈을 감았을 때만 가능하다. 눈을 뜬 현실 세계는 일 분 일 초가 사나운 전쟁터다. 통장 잔고가 행복한 환상에 재를 뿌리고 내일의 걱정거리를 양산한다. 다품종 대량 생산 방식. 작은 걱정, 큰 걱정, 종류에 상관없이 녀석들이 내 가슴으로 마구 쏟아진다. 헨리 포드도 울고 갈 생산 방식 앞에 나는 초라한 노동자가 되어 넋을 잃고 구경만 하고 있다.

걱정을 안고 사는 이에게 내일은 희망이 아닌 또 다른 걱정이다. 곁에 있는 가족이 종종 희망을 안겨 주지만 다수의 걱정 무리들이 희망을 삼켜 버리는 것은 삽시간이다. 혼자서 감당하기 힘든 무게 때문에 지원 요청을 하고 싶지만 주변 이들도 내 처지와 크게 다르지 않다는 사실을 알고 나니 더 슬프다. 신께 아뢰고 앞만 보고 달려가는 게 상책이겠지만 태생이 부족한 인간인지라 종종 넘어지고 싶을 때가 많다. 주저앉아 펑펑 울고 인지 능력이 상실된 아주 어린 시절로 돌아간다면 얼마나 좋을까.

오늘은 유난히 삼겹살이 생각난다. 기름진 고깃덩이로 시커멓게 탄 속을 박박 긁어낼 수 있을 텐데. 태초에 맑았던 몸과 정신 상태를 회복할 수 있을 텐데. 그저 맛에 취해 모든 걱정거리를 날려 버릴 수 있을 텐데. 배가 불러온다고 해도 쉬지 않고 집어넣을 수 있을 텐데. 먹고 싶을 때 언제든지 삼겹살을 먹을 수 있는 처지가 되었지만 그것을 먹기 위해 나는 자유를 버렸다. 인내의 미덕을 배웠다. 그리고 서서히 화병을 얻어 가고 있고 통장 잔고는 여전히 위태롭다. 내일은 또 어떤 걱정이 생산될까.

어느덧 열두 시가 넘어 버렸다. 하루가 시작되는 내일 아침보다 아무도 간섭하지 않는 고요한 이 시간이, 난 참 좋다.

그 래 도 살 아 야 할

날 이 라 면

ʌ
ʌ

우리 대에서 가난을 끊자.

어느 날 문득, 친구로부터 날아온 메시지. 나는 일말의 망설임도
없이 답장했다.

당연하지. 우리 자식은 우리처럼 살게 하지 말자.

친구 또한 실시간으로 답장이 오면서 긴 대화가 이어졌다.

근데 왜 이리 갈 길이 멀어 보이노?

마음처럼 잘 안 되네. 우리만 이렇게 힘드나, 세상 사람들 다 힘드나?

우리 중학교 동창 삐리리는 부모님이 식당 차려 줘서 돈 잘 벌고 요즘에 벤츠 몰고 다니든데.

우리가 개고생하면 우리 자식은 호강할 수 있다 인마. 부러워하지 말자.

근데 나는 부모님한테도 효도해야 하는데 언제 다 하겠노.

그렇게 생각하면 한도 끝도 없다. 부모님께는 자주 연락드리고 우리가 행복한 모습 보여 드려야지. 그나저나 우리 언제 부부 동반으로 해외여행 함 가겠노?

해외여행……? 나는 결혼도 까마득하다. 내 결혼할 수 있겠제.

니는 무슨 그런 소리를 하노. 당연히 할 수 있지. 다 때가 있겠지 뭐.

씁쓸하고 답도 없는 대화가 한참이나 오갔다. 입이 아픈 게 아니라 답도 없는 이야기를 하려니 손가락이 아팠다. 그래서 전화를 걸었다. 재미있고 행복한 이야기를 하자며, 잘 기억도 나지 않는

학창 시절을 뜬구름 잡듯이 했다. 그런데 뜬구름마저도 잡히지 않는 기분은 겪어 보지 않은 사람은 모른다.

니는 한의사 돼서 어려운 사람들 돕고 산다 했다 아이가. 굳이 한의사 될 필요는 없으니 어쨌든 돈 마이 벌어가꼬 사람들 많이 도와라.

그래, 그래야지. 근데 먼저 내부터 쫌 살고. 이래 가지고 나도 죽겠다. 그래도 옛날 꿈 이야기하니까 좋네. 계속 돌파할 수 있는 아이템 찾아봐야지.

그래, 우리 인생에도 해 뜰 날 온다. 마흔 살 되기 전에 다 이루자. 힘내자.

우리는 온몸에 붙어 있는 가난을 떼어 내고자 의기투합했다. 항일 투쟁가처럼 사명을 담아 결의를 다졌다. 그런데 일상 대화가 항상 이렇다 보니 어깨에 힘이 들어가 있는 것은 물론 늘 피곤하다. 그래서 지금까지 마땅히 이룬 것도 없이 얼굴에 주름만 쌓여 가는 것일까? 친구는 탈모가 생겼고, 나는 사춘기 소년처럼 자꾸만 여드름이 덕지덕지 생긴다.

친구야, 다음에는 우리 유머 시리즈라도 서로 공유하며 웃자. 억지로 웃어도 웃으면 행복해질 테니.

흔들릴 때마다
한 잔

∧
∧

뭐든지 할 수 있다고 말했다. 도전적인 물음에 머뭇거리는 자는 비겁하다고 손가락질했고, 나는 어느덧 사용자가 쓰기 좋은 일꾼으로 변모했다. 함께 일을 받아 내느라 피곤한 처지가 된 나의 주변인에게 미안한 마음이 쌓여 간다. 하지만 내 희생을 통해, 그들의 협동으로 세상은 한 걸음씩 진보하고 있다고 생각한다. 먼 훗날, 내 이름이 등재될 일은 전혀 없겠지만, 그 사이 통장에 찍힌 월급 뭉텅이는 고기반찬과 꽃신이 되어 내 삶을 윤택하게 하겠지. 오늘은 하루를 이겨 내기 힘들어 소주잔을 들었다. 눈앞에 보이는 취식물은 감 말랭이가 전부지만 이만하면 풍성하다 자평하고 싶다. 아빠는 매일 저녁 집에서 소주 한 병을 마셨다. 그 모습이 너무 한심해 어린 나이에 버릇없이 대들기도 일쑤였다. '불쌍한 인생, 나는 저렇게 되지 말아야지.' 욕했던 과거가 내 심장을 겨냥한다. 똑같은 몰골을 하고서 천장을 바라보며 한 잔씩 비워 내는 처지가 그날보다 훨씬 못하다. 어차피 인생은 통제하기 힘든 것이거늘 무얼 얼마나 뛰어 보겠다고 이 난리를 부리고 있을까.

평범한 인생에 만족하지 못하는 모난 성격 덕분에 가족 모두가 고생하는 것 같아 면목 없다. 소주잔을 계속 비우지만 부끄러움은 가시지 않는다. 엄마의 눈동자, 아빠의 주름이 환상처럼 눈앞에 멈춰 선다. 이 고독한 세상에서 어찌 그렇게 웃음 가득한 마리오네트로 사셨는지.

소주잔에 눈물방울이 떨어진다.

앵 무 새

탈 출 하 기

∧
∧

스물여섯 살. 회사에서 내가 맡은 직무는 '교육'이었다. 대학 시절 교육학 개론 외에는 교육을 접해 본 일이 없었지만 쉽게 생각했다. 교육 그까짓 것 뭔가 가르치면 되는 거 아닌가. 가르칠 내용도 회사에서 정해 주니 얼마나 좋은가. 특정 공간에서 사람을 맞이하고, 교재를 나눠주고, 때로는 앞에서 강의도 하고, 끝날 무렵에는 설문지도 받고.

그러다 어느 날 머리가 띵해졌다. '나는 말하는 대로 살고 있는가' 라는 양심의 칼날이 목을 겨누었다. 내가 하는 말은 앵무새 흉

내내기 그 이상도 그 이하도 아니라는 걸 깨달았다. 사무실이라는 새장에 갇혀 있다가 시간이 되면 밖으로 나와 그럴싸하게 말하고, 박수 받고 사라지는 비운의 앵무새. 나는 말을 했지만 실상은 지저귐에 불과했다.

말한 대로 살아 보기로 결심했다. 확실히 피곤했다. 말이 행동을 만나기까지 인간의 숙명을 거스를 만큼의 결단이 필요했다. 그리고 늘 거울 속에 비친 나를 지독하게 감상해야 했다. 실제 내 모습이 어떤지 주제를 파악하기 위해. 가까운 지인들조차 알 수 없는 베일에 가려진 실체를 보기 위해. 그 실체와의 독대는 오직 자신만이 할 수 있는 신이 준 선물이자 독배이다.

얼마 전, 취준생들을 대상으로 강의한 적이 있다. 보통은 화려한 모습을 중심으로 그럴싸한 이야기를 하면서 롤 모델인 척 강의하다가 마치곤 한다. 하지만 그때는 나도 모르게 진실을 고백했다.

저, 운 좋게 대기업에 합격했어요. 대기업에 입사하는 전략 같은 거 잘 몰라요.

저는 사회 부적응자라고 할 수 있어요. 지금 벌써 다섯 번째 회사를 다니거든요.

사람들의 눈동자가 흔들렸다. 아마도 이 강의를 계속 들어야 하나 고민했으리라. 흔들리는 눈동자를 바라보며 고백을 이어나갔다. 자기소개서를 쓰면서 경험했던 사실. 블랙홀 같은 면접 사례. 실수와 실패들. 나를 구경했던 사람들이 어느새 내 말에 경청하기 시작했다. 중간 중간 질문이 쏟아지고, 내 말에는 묵직한 힘이 실렸다.

강의가 끝난 후에도 줄을 서서 명함을 받아 가거나 못 다한 질문을 하는 이들이 많았다.

적어도 그날은 앵무새가 아니었다. 난 더 이상 지저귀지 않았고, 내면의 소리에 귀 기울였다. 내가 살아 내고 있는 사실을 중심으로 전달했으며, 부족함도 여과 없이 말했다.

이날을 계기로 새장에서 탈출한 기분이다. 하지만 한 번 앵무새였으므로 언제라도 다시 새장으로 들어갈 수 있다고 생각한다. 남들이 말하는 가짜를 주워듣고 내 것인 양 지저귀는 앵무새. 어쩌면 인간은 완전히 탈출할 수 없고 매일 탈출해야 하는 운명인지도 모른다.

동 창 회 에   오 신   걸

환 영 합 니 다

∧
∧

명절 연휴를 맞아 고향에 내려간 할 일 없는 미혼남들은 동창회를
개최하곤 한다. 명절에라도 만나지 않으면 얼굴을 까먹을지도 모
른다는 명분과 집에만 있다가 가족, 친지로부터의 질문 폭격으로
정신적 상해를 입을 수 있으므로 이를 면피하기 위한 가장 그럴싸
한 모임이 동창회다. 즉흥적으로 날짜가 정해지고, 빠르게 참석
할 수 있는 사람들 몇몇에게 연락을 하면 보통 일곱 내지 여덟 명
의 얼굴은 볼 수 있다. 이렇게 결성된 동창회에서는 '인생의 고
뇌'라는 주제로 설전이 벌어지고, 동창회에 몇 명이 참석하든 그

들은 대략 세 부류로 나뉜다.

첫 번째, '배부른 취업 성공형'이다. 이들은 인생이 괴로운 이유를 외부에서 찾는다. 막상 취업은 했건만 행복하지 않다는 논조로 눈치 야근, 막말 상사, 만족스럽지 못한 연봉 등 자신의 힘으로 바꿀 수 없는 외부 환경적 요소를 일목요연하게 나열한다. 그러곤 동창들에게 위로를 호소하며 건배를 외친다. 하지만 웬일인지 당사자 외에는 건배하는 이가 없을뿐더러 동창생들의 눈은 불만으로 가득 찬다.

인생의 고뇌가 아니라 고민조차 되지 못하는 우문의 한탄은 집어치우고, 자신의 이야기를 들어보라며 시작하는 두 번째가 '노력하는 모태 솔로형'이다. 이들은 인생이 괴로운 이유를 자기 자신, 즉 내부에서 찾는다. 누구보다 열심히 생활하고, 친절하다고 생각했지만 지금껏 제대로 된 이성 친구 한 명 없다는 것이다. 헌팅, 소개팅, 어플팅 등 다각적으로 이성 친구를 만나 보려고 노력하고 있지만 진전 없이 오히려 더 고독할 뿐이라고 말한다. 문화심리학자 김정운의 '외로움은 존재의 본질이기에 더 외로워야 덜 외롭다'는 말에 공감하지만, 노력하는 모태 솔로들을 위로하기는 힘들 것 같다.

마지막으로 '무언의 경청형'이다. 이들은 친구들의 이야기에 적당한 추임새로 호응하면서 알맞은 제스처로 반응한다. 그렇기에 막상 그들의 이야기는 들을 기회가 없다. 언뜻 생각하면 아무 문제가 없는 것처럼 보이지만 사실 가장 큰 문제를 안고 있는 사람은 이들이다. 미취업자, 결혼 불능자, 집안의 대소사를 도맡은 자 등 체면 때문에 차마 친구들 앞에서 말하지 못하는 경우가 많다. 내가 이번 설날에 그랬다. 한 친구와 '따로' 이야기해 보니 그 친구 또한 그랬단다. 자신의 고뇌를 누군가와 이야기할 수 있다면 행복한 사람일지 모른다는 것을 설날에 뼈저리게 배웠다.

요즘 젊은이들이 개성 넘치고, 자기표현을 잘 한다고 생각하는가? 내 생각은 다르다. 너무 심각한 스트레스에 육신은 지치고, 말수는 줄어들어 유일한 친구는 스마트폰이 된 무언의 방황자가 그들일 수 있다. 주변을 돌아보고, 유독 말수가 적은 청년이 있다면 환한 미소로 등을 토닥여 주자. 백 번의 말보다 한 번의 손길이 그들에게는 힘이 된다.

아빠는 요리를 곧잘 했다. 국물 간을 맞추는 솜씨가 일품이었고, 간단한 밑반찬도 뚝딱 만들었다. 아빠의 요리 솜씨는 가세가 기울면서 더욱 빛을 발하기 시작했다. 라면 먹는 시간이 늘어난 우리 집 밥상은 아빠표 라면이 자주 등장했다. 국물 간을 맞추는 솜씨로 라면의 물을 맞췄고, 밑반찬을 만드는 장기로 라면 맛에 특유의 깊이가 더해졌다. 나는 눈치도 없이 앞으로도 계속 라면만 먹었으면 좋겠다고 떠들어댔고, 엄마는 아무 말도 없었다.

하루는 아빠가 비빔면이라며 끓여 준 라면이 꿈에 나올 정도로 맛 있었고, 그 길로 라면 끓이는 법을 배웠다. 초등학교 이학년쯤일 것이다. 요 놈은 물을 조절할 필요가 없었고, 다 끓인 후 시원한 물로 헹궈 내야 하는 단점이 있었다. 그 어린 나이에 라면을 두 개씩 집어 혼자 비빔면을 끓여 먹는 날이면 내가 요리사가 된 것 같아 좋았고 내 요리가 반할 정도로 맛있었기에 새로운 재능을 찾 았다고 생각했다.

그리고 어느 날 나는 어른이 되었다. 세상은 많이 변했고, 심지어 내 얼굴은 어린 시절이 온데간데없이 변했지만, 여전히 내 옆자 리에는 라면이 자리 잡고 있다. 이제는 스스로 라면 대가라 자부 하며 혼자 지지고 볶고 별짓을 다할 수 있다. 십 년 전에는 볼 수 없었던 각양각색의 라면들이 나를 유혹할 때마다 그들의 존재 이 유를 직접 확인해 주었다.

나를 가르쳤던 아빠의 모습은 더 이상 볼 수 없는 처지가 되었 다. 볼 수 없는 것인지 찾을 수 없는 것인지 아직도 판단할 수 없 지만, 내 옆자리에서는 볼 수 없다. 때때로 시원한 물로 비빔면의 온기를 빼는 날이면 아빠가 떠오른다. 열심히 살았지만 실패한, 가진 건 없지만 가족을 사랑하는, 고기를 먹이고 싶지만 눈앞에 라면이 전부였던, 그래서 그 얼굴은 매번 억지웃음을 짓고 있었나 보다. 현실 앞에 무릎 꿇은 힘없는 가장의 몽타주.

나는 내 아이에게 라면과 함께 고기를 주고 싶다. 그리고 라면 끓이는 법은 애초부터 가르치지 않을 것이다. 라면이 먹고 싶을 때는 늘 나를 찾도록 할 것이며, 우리 집이 살 만하다는 걸 증명하기 위해 소고기도 조금 구울 것이다. 라면을 주식이 아닌 별미로 먹을 것이며, 그걸 지켜보는 아내는 건강에 좋지 않다며 그만 먹으라며 말리는 모습을 상상해 본다.

이것이 바로 내 꿈이며, 이 소중한 꿈을 이루기 위해 오늘도 새벽에 일어난다. 소중한 내 꿈이 계속 숨 쉴 수 있도록 글을 쓴다. 쓰고 또 쓰다 보면 내 머릿속에 잠자고 있는 꿈에 산소가 공급되고, 내 마음은 이 순간을 기억한다.

꿈이 있는 나는, 정말 행복한 사람이다.

스물아홉 살, 뜻하지 않게 결혼식 사회를 처음 맡으면서 매년 일
곱 내지 여덟 건의 결혼식을 진행하고 있다. 처음에는 인생에 한
번뿐인 이벤트를 담당하는 게 부담되었지만, 그만큼 나를 믿는다
는 반증이었기에 기분 좋게 응해 주기로 마음먹었다.

보통 사전에 주례, 축가 등 기본적인 정보를 파악하고 신랑, 신부
의 특성을 반영해 순서를 설계한다. 때로는 신랑이, 때로는 신부
가 서로에게 비밀로 하고 내게 부탁한다. 깜짝 놀래키고 싶다는

그들의 애교. 그런 부탁을 받을 때마다 결혼식장이 상상되면서 나도 모르게 뿌듯해진다. 예식 한 시간 전에 도착해 최종 멘트를 점검하고 음향 상태를 확인한다. 식장을 담당하는 분으로부터 하얀 장갑도 받고 가슴에 꽃도 꽂으면 준비 끝. 그때부터 여유롭게 신랑 측과 신부 측을 오가며 인사를 나눈다.

"잠시 후 신랑 ○○○ 군과 신부 △△△ 양의 예식이 거행될 예정이오니 모두 착석해 주시면 감사하겠습니다." (반복)

멘트를 하며 하객들을 바라본다. 모두들 기분 좋아 보인다. 누가 누군지는 모르지만, 축복하기 위해 참석한 이들의 얼굴에는 웃음빛이 한가득이다. 신랑 입장을 외칠 때 그들은 약간의 환호를 보낸다. 그리고 내가 뜸을 들이면서, 불편하지 않다면 모두 자리에서 일어나 달라는 요청하면서 신부 입장을 외친다. 함성이 쏟아진다. 신부가 한 걸음 한 걸음 옮길 때마다 뜨거운 박수를 보내 달라고 계속해서 바람을 잡는다. 신부는 만족한 표정으로 수줍게 입장을 마친다.

화촉 점화, 주례 선생님의 말씀, 축가 등 일반적인 순서가 끝나면 양가 부모님께 인사드릴 시간이다. 신부 측부터 인사드리고 이어서 신랑 측. 이 순간 보통 신부는 눈물을 흘린다. 그때 무대 뒤편에 숨어 있던 도우미 이모님은 부리나케 나와 신부의 눈물을 대신 훔쳐 준다. 신랑은 늠름한 자태로 인사를 마치고 든든하게 신부 곁에 서 있어 준다. 그리고 함께 행진 후 끝자락에서 키스를 하면 끝.

결혼식장 풍경은 일반적으로 이렇다.

그렇게나 결혼식 사회를 많이 본 나는, 머릿속에서 순서를 외우고 있던 나는 내 결혼식에서는 순서마다 눈물만 흘리고 말았다.

직 업 으 로 서 의

회 사 원

∧
∧

날마다 새벽에 일어나 주방에서 커피를 데워 큼직한 머그잔에 따르고 그 잔을 들고 책상 앞에 앉아 컴퓨터를 켭니다. …… 그때는 정말로 행복합니다. 솔직히 말해서 뭔가 써내는 것을 고통이라고 느낀 적은 한 번도 없습니다.

– 무라카미 하루키, 《직업으로서의 소설가》

하루키의 직업은 소설가였고, 매일 새벽에 행복함을 느낀다고 고백하고 있다. 문장을 만드는 일은 언제나 기분 좋은 일이며, 즐겁지 않다면 왜 글을 쓰겠느냐고 반문한다. 이 얼마나 멋진 직업인인가. '직업'의 사전적 정의를 뒤적거려 보니 생계를 유지하기 위해 계속하여 하는 일이란다. 생계를 위해 어차피 해야 할 일인데 그 일이 즐겁다면 이보다 더 큰 행복이 있을까.

내 직업은 회사원이다. 회사에서 정한 시간에 출근하며 회사에서 요구하는 노동을 제공한다. 사람마다 노동의 종류가 다르고 때에 따라 강도 또한 다르다. 종류와 강도는 다를지라도 경험하는 고통은 비슷할 수 있으리라. 회사에서는 직원의 성과에 따라 차등하게 돈을 지급하고, 직원은 그 돈으로 매월 생계를 유지한다.

이렇게 쳇바퀴처럼 굴러가는 직업 생활 중 행복함을 느낀 적도 있었다. 하지만 매일 새벽의 다짐은 '언젠가 그만두기 위해 오늘도 참아야지'라는 비장한 각오이며, 그 마음가짐으로 어떤 풍파를 만나더라도 일단은 견딘다. 그 순간을 견디지 못하면 세상에서 아마추어라고 손가락질 당하고, '계속해서 할 수 있는 일'이 사라지기 때문이다.

그런데 어느 날, 거울 속 남자를 보니 피부는 많이 상해 있었고, 분장을 한 듯 주름 또한 덕지덕지 그려져 있었다. 머리칼 속에 숨어 있는 흰색 브리지는 스트레스가 만들어 낸 값싼 미용의 결과물이랄까. 앞으로 이십 년은 넘게 비슷한 새벽을 맞이해야 할 텐데 내 몸이 남아날지 나조차도 의심스럽다. 이런 얘기를 어디 가서 하면 "다들 그렇게 사는데 궁상떨지 마", "죽도록 일해도 안 죽어"라는 말을 들을 게 뻔했다. 그래서 애초에 시도조차 하지 않았고, 마음속에 차곡차곡 쌓아 두고 있는 중이다.

그리고 가장이 되었다. 책임져야 할 식구가 늘어났고, 비장한 각오는 더욱 선명해졌다. 어느 누구도 원망하지 않기로 했다. 내 평생의 직업인 회사원에 감사하기로 결심했다. 특별한 재능도 없이 생계를 유지할 수 있게 해준 직장 생활이 얼마나 감사한가. 하루키는 전 세계에서 한 명뿐이고, 회사원은 전 세계에 모래알들보다 많다. 하루키를 보지 말고 모래알을 봐야지. 그러다 어느 날, 한 순간이라도 반짝거리는 모래알이 될 수만 있다면 그것만으로 여한이 없으리.

상 쾌 함 의

덫

∧
∧

사회생활을 시작하면서, 아니 살아오면서 새벽은 죽은 공간이었다. 영혼과 육체가 세상과 단절되어 무의식을 탐닉했던 시간이랄까. 하지만 얼마 전부터 새벽 공기를 마시기 시작했다. 주변은 어둡지만 뿜어내는 공기만은 상쾌한 새벽은 생각 이상으로 매력적이었다.

생각보다 많은 이들이 새벽 시간에도 바삐 움직이고 있었고, 도로 위의 자동차도 쉴 새 없이 달리고 있었다. 나도 그들의 대열에 합류했다는 생각에 괜스레 우쭐해졌고, 남들보다 앞서 나간다는 느낌도 덤으로 받았다.

하지만 주말을 맞아 새벽을 다시 죽은 공간에 집어넣고 이불 속에서 퍼질러 잤더니 새벽 공기를 마실 때보다 더 큰 상쾌함을 느꼈다. 주말에 느낀 상쾌함은 주중의 상쾌함을 위해 희생된 육체적인 피로 때문에 받은 보상이었을까, 아니면 이불 속 포근함이 가져다 준 일상적 행복이었을까?

오늘도 시계 알람을 새벽 다섯 시 삼십 분으로 맞추었다.

한 사람 을 위 한

대통령

∧
∧

좌와 우의 개념을 알기 전부터 내 꿈은 대통령이었다. 대학 입학 면접에서도 꿈을 대통령이라 했으니 단순히 어린 시절의 과학자 놀이는 아니었나 보다. 내가 대통령이 되면 모두가 행복하게 살 수 있을 거라고 생각했다. 순진한 생각일 수 있지만, 서로 조금만 배려하고 돕고 산다면 낙오자가 없을 것 같은데, 왜 이렇게 세상은 춥고 시끄러울까.

〔춥다〕

한여름에 점퍼를 껴입고 다녀도 왠지 모르게 추운 곳이 한국이다. 돈 없으면 인격도 없어지는 자아 상실의 온상. 그렇다고 지폐를 두둑하게 넣어 다녀도 가슴 한쪽이 시려 오는 만연한 외로움. 누군가의 따뜻한 포옹이면 모든 게 해결될 것을, 이제 그것은 우리에게 어색한 희망이 되었다. 기술은 발전하고 있지만 과연 우리 삶은 나아지고 있을까? 지구의 평균 기온은 점점 높아져 간다는데 난 왜 이렇게 추운 걸까?

〔시끄럽다〕

아침을 깨우는 알람 소리, 도로에서 벌어지는 경적 총싸움, 일하다 말고 삿대질하는 원초적 기싸움, 통장 잔고를 보고 질러 대는 동굴 속의 괴성. 이 모든 사운드를 밥 비비듯 섞어 대면 고막이 아닌 관자놀이를 공격하는 시대의 음원이 탄생한다. 내가 세상에 고개를 내밀었을 때 병동은 그래도 조용했는데, 날이 갈수록 세상은 시끄러워진다.

그래서 나는 대통령이 되고 싶다. 따뜻하고 평화로운 일상이 존재하는 대한민국으로 리모델링하기 위해. 다음달 월급을 기다리는 평범하기 그지없는 직장인이지만, 언젠가 대한민국에도 아무런 배경도 돈도 없는 평범한 가장이 나라를 이끄는 날이 오겠지. 그때 슬쩍 공약을 내밀면 표는 받지 못해도 관심은 받을 수 있을 거라고 조심스레 기대해 본다.

나는 국어를 좋아하는 편이었다. 좋아한다고 잘했던 건 아니지만, 학창 시절 국어 시간은 늘 즐거웠다. 특히 소설이 가장 흥미로웠는데, 이야기 속 등장인물을 상상할 때면 나도 그곳에 있는 것처럼 느껴졌다. 그래서 황순원의 〈소나기〉를 처음 접했을 때도 '잔망스럽다'는 형용사의 뜻을 찾아보기보다는 소년의 마음에 침투해 소녀의 생각을 더 읽으려 애썼다.

신기한 건 그럴수록 성적은 더 떨어졌다는 것이다. 작품의 주인은 작가가 아니라 독자라는 신념으로 여러 차례 문제를 제기해 봤자 나만 손해였다. 그럴 시간에 한 문제라도 더 푸는 게 상책이었다. 나는 살아남기 위해 제도가 시키는 대로 문제를 풀어 댔고, 상위권이 되기 위해 노력했고, 원하는 대학에 합격하기 위해 최선을 다했다.

그렇게 순응하며 살았던 나는, 지금까지도 순종을 마다하지 않는 나는, 퇴근 후 잠들기 전 삼십 분씩 글을 썼다. 국어를 좋아했던 소년의 감성으로 생각나는 대로 휘갈겼고, 그것은 이야기가 되었다. 〈소나기〉와 같은 대작은 될 수 없겠지만(애초에 문학가로 성공하기 위해서가 아니라 자기만족으로 글을 쓴다고 변명하고 싶다) 내 글의 주인은 내가 아닌 독자라는 사실만으로도 작품의 존재 가치는 충분히 있다고 생각한다.

역시 어른들은 생각이 각자 뚜렷해서 의견 충돌이 종종 있는 것 같애.
그럴 수도 있고, 한쪽이 병에 걸린 것일지도.
병에 걸렸다고?
재복아, 공터에서 공 던지기나 하자.

내가 쓴 〈청춘 마리오네트〉라는 소설인데, 주인공은 왜 밑줄 친바와 같이 이야기했을까? 다 같이 문제를 풀어 보자.

① 대화를 종료하기 위해.

② 둘이 종종 공 던지기를 했기 때문에.

③ 공터라는 물리적 공간의 특성처럼 인생은 백지와 같으며, 인
   간은 그곳에서 놀이할 뿐이라는 것을 강조하기 위해.

④ 특별히 의도한 바가 없음.

몇 번이 정답이라고 생각하는가? 수능 시험의 정답으로는 삼 번
이 그럴싸해 보인다. 하지만 나는 일 번에서 사 번까지 모두 의
도했다. 아무런 의미가 없으면서도 대화를 종료하고 싶은 마음도
있었고, 철학적인 의미까지 담아낼 수도 있을 것 같았다. 독자가
읽고 받아들이는 것이 정답인 셈이다.

만약 교육부에서 내 글을 읽는다면 나를 엉터리 직장인으로 생각
하겠지만, 이 땅의 수험생들이 읽는다면 어느 정도 공감할 것이
라 생각한다. 하지만 세상은 늘 힘과 권력 편에 있으니 내 의견은
도무지 씨알이 먹히지 않을 것이다. 그래도 괜찮다. 나는 계속 독
자가 주인인 작품을 쓸 것이기에. 성실하게 직장생활을 하면서.

나를 위한

독백

∧
∧

그러니까 내 얘기 좀 들어봐. 밤 열 시에 문득 배가 고픈 거야. 그
래서 무얼 먹을까 잠시 고민하다가 무릎을 탁 내리쳤지. 머릿속
에 떠오르는 건 하나밖에 없었어. 물론 보통 치킨이나 피자를 생
각할지 모르지만 난 달랐어. 내가 유일하게 의존하는 건 하나밖
에 없거든.

근데 말이야, 고민이 되는 거야. 국물이 있는 걸로 할까, 없는 걸
로 할까? 쉽게 결정할 수 없는 문제이기에 눈을 감고 상상해 보았
어. 면을 끓이는 순간부터 스프를 짜는 마지막까지. 국물이 있는

상처받고
심지않은
내일

놈은 수줍음이 많다고 생각했어. 자신의 몸을 수면 아래로 숨기려 하니까 말이야. 그리고 뜨겁기 때문에 내가 함부로 다루기도 어렵다는 생각이야.

손을 넣어 마구마구 헤집을 수도 없고 입을 대고 물속에서 건져 내기도 단번에는 힘든 게임이지. 대신 국물이 없는 놈은 쉬웠어. 나 잡아 잡수시오, 하는 포즈로 자신을 온전히 드러내고 있고, 대부분 뜨겁지 않기 때문이지.(간혹 뜨거운 것들도 있지만 국물이 있는 것보다는 덜하다.)

마음속으로는 이미 결정했어. 하지만 한 번 더 고민했던 이유는 면발을 대량으로 먹을까, 면을 취하고 남은 국물 속에 밥알을 집어넣어 볼까 하는 일상 속의 행복한 선택을 상상했기 때문이지. 어떻게 할까? 어머니께 전화 드려서 물어봐야 하나.

내 눈앞에 놓인 건 국물이 없는 놈이었어. 여름에 인기가 많은 그놈을 두 개나 펼쳐 놓은 것이지. 어느덧 밤 열 시 이십삼 분을 가리키고 있었어. 이것들을 모두 취하고 나면 내 배 속은 흥분의 도가니로 쿵쾅거릴 테지만, 이제는 모든 상상을 멈추고 현실을 맞이할 차례였어. 단번에 일곱 내지 여덟 줄 정도를 힘껏 들어 올려 한 놈도 도태하지 않게 입 속으로 천천히 입장시켰지.

입장 도중 몸이 끊어지는 일 없도록 윗입과 아랫입이 호흡하듯이 그들의 승천을 도와주었어. 그렇게 입속 가득 오물거릴 때 지금까지의 고민과 결정이 참으로 값지다는 걸 온몸으로 체감했어.

아, 좋다.

그랬어. 난 참 좋았어. 근데 내가 진정으로 행복을 느꼈던 순간은 어떤 면을 취할지 고민했을 때였을까? 결정하고 직접 맛을 볼 때였을까? 모든 상황을 경험한 나조차 모르니 이 일을 누구에게 물어봐야 할까?

어느덧 시각은 열 시 오십이 분을 가리키고 있었다.

왜 그 자 리 냐 고

탓 하 지 마 세 요

∧
∧

사람들은 인공 섬을 떠나기가 어려웠다. 심각한 손실의 위험을
무릅쓰지 않고는 집과 목초지와 곡창 지대를 포기할 수 없었다.

– 유발 하라리, 《사피엔스》

인류는 어느 날 수렵과 채집을 하는 방랑의 낭만을 중단하고, 땅
에 선을 긋고 작물을 경작하기 시작했다. 그들은 더 편안하고 풍
족한 삶을 위해 열심히 일했지만 더 여유 있는 삶을 누리지 못했
다. 무엇이 잘못된 것일까?

역사학자 유발 하라리는 '농업 혁명은 역사상 최대의 사기'라고 말한다. 사람이 식물을 길들인 것이 아니라 식물이 사람을 길들인 것이며, 심지어 수렵과 채집을 할 때보다 영양 상태마저 좋지 못한 생활 패턴을 스스로 만들어 내는 오류를 범했다. 방랑을 멈추었기에 저장 창고에 몇 해 동안의 곡물을 가득 채우는 미래 계획을 시작했다. 그들은 노력을 배가해서 노예 같은 노동을 계속할 수밖에 없는 '파괴적 창조자'였다. 어느 날 문득 무언가 잘못되어 가고 있다는 걸 깨달았을 때는 이미 인구 증가로 돌아갈 다리가 불타 버렸다는 사실.

그때부터 인간은 열심히 노동하고, 죽을 때까지 노동을 짊어졌다. 설상가상으로 여기저기에서 지배자와 엘리트가 출현하면서 그들은 열심히 일하고도 겨우 입에 풀칠할 정도에 만족하는 삶을 살아야 했다. 먼 과거에 발생했던 일인 것처럼 열거하고 있지만, 우리가 겪는 매일의 일상이라고 느껴지는 건 나만의 착각일까?

컴퓨터, 스마트폰, 진공청소기, 세탁기 등 기계가 우리 삶에 자유를 허락했다고 생각했지만 실상은 우리 삶이 전혀 느긋해지지 않았다. 기계가 절약해 준 시간 덕분에 우리는 인생이 돌아가는 속도를 더욱 빠르게 만들고 있다. 속도를 쫓아가기 위해 우리는 오히려 불안과 걱정에 갇혀 버렸다.

요즘 청년들은 매우 부지런하다. 신입생 오리엔테이션 때 그들이 궁금해하는 건 대학 생활에 대한 낭만이 아니라 취업 전략이며, 남자들은 군 생활에서도 자기 계발을 하기 위해 골머리를 앓는다. 영어 성적과 인턴 경력은 필수이기에 학과 공부를 하면서 여러 가지 활동을 병행해야 하며, 그렇게 부지런히 살아도 졸업 시즌이 다가오면 남는 건 불안과 걱정뿐이다. 설상가상으로 그들을 더욱 가슴 아프게 하는 것이 있다. 땀 흘리며 자신의 삶을 열심히 경작하다 문득 뒤를 돌아보니 혜성같이 나타난 '정유라' 같은 이들 덕분에 계산에 없는 피해를 입는다. 세상에 밝혀지지 않는 수많은 '정유라'가 득실거리고 있다는 끔찍한 사실을 애써 부인한 채 한숨을 삼키며 또 하루를 살아 내고 있다.

한 가지 방법은 있다. 경작을 멈추고 방랑을 시작하는 것이다. 세상이 만든 기준을 잘라 내고, 즐거움과 재미를 채집하는 삶을 시작하는 것이다. 열심히 경작해서 취업에 성공해도 더 열심히 살라는 지령만이 있을 뿐이다. 그럴 바에야 마음이 허락하는 대로 최대한 게으르게 하루를 살아보자. 책도 읽고, 돈이 필요하면 일도 하고, 그러다 훌쩍 여행을 떠나고. 다시 삶으로 돌아와 실컷 자고. 물론 이렇게 방랑을 시작하면 집도 차도 없이 살아야 할지 모

른다. 하지만 그것들은 이 땅을 살아가는 데 잠시 잠깐 필요한 사
치품일 뿐이다.

비 디 오 보 는

남 자

ㅅ
ㅅ

지금은 역사 속으로 사라진 비디오 가게. 어린 시절 아빠와 함께
자주 가서 비디오를 빌렸던 기억이 난다. 한 번에 한 편의 영화가
아닌 네다섯 편을 빌려왔고, 한 편의 감동이 채 가시기도 전에 두
번째 영화를 이어서 보곤 했다. 그러다 보니 상상력은 누구보다
충만할 수밖에 없었고, 중학교 때 이미 소설을 써 보기에 이르렀
다. 특별한 소질이 있어서 그런 것은 아니었다. 작품성도 없었고
누군가에게 주목받지도 못했다. 머릿속에 다양한 생각들이 맴돌
았기에 그것들을 쓰레기통에 치우듯 글로 표현해 보곤 했다.

세 살 버릇 여든까지 간다고 했던가. 지금도 틈만 나면 집에서 영화를 본다. 비디오 가게는 사라졌지만 이제는 쉽게 온라인에서 돈을 지불하고 원하는 시간에 볼 수 있다. 몸은 편해졌지만 기다림 속에 최신 영화를 빌려와서 남들보다 먼저 보는 짜릿함은 더이상 누릴 수 없다. 그리고 비디오 대여료를 지불해 주었던, 나와 함께 손을 잡고 나란히 걷던 아빠도 사라졌다. 비디오를 보던 남자는 이제 비디오를 그리워한다. 영화는 여전히 생산되고 있지만 추억은 더 이상 생산할 수 없었다.

아저씨, 아마겟돈 들어왔어요?
아니, 아직 대여 중이다. 다른 비디오도 많이 들어왔는데, 한번 둘러보지 그러니.
아빠, 그냥 집에 가자. 아마겟돈 보고 싶은데 딴 건 안 볼래.

열다섯 살 소년은 단호박이었다. 할리우드 배우 브루스 윌리스의 광팬이었던 소년은 오직 그의 예술성만 높이 살 뿐이었다. 동심의 우상이었던 배우는 어느덧 환갑을 훌쩍 넘겼다. 종종 눈을 감고 비디오를 본다. 그때의 추억을 본다. 그래서 나는 여전히 비디오를 보는 중이다.

그 래 도

가 까 이 에   있 다

∧
∧

항상 잠이 모자라는 생활을 해야 했다. 하지만 분명한 것은 그때 본 영화들이 내게 무언가를 남겼다는 것이다. 무엇을 남겼는지 분명하게 말할 수는 없지만, 나는 알고 있다.

－ 이우일, 《옥수수빵파랑》

잠이 모자라는 순간에 극적으로 맞이하는 자기 선택적 행위는 바위 위에 새긴 글씨와 같다. 육체는 희미하지만 기억은 선명하며, 이성은 잠들지만 감성은 춤을 춘다. 어린 시절부터 이 사실을 경험했던 나는, 잠들기 직전 삼십 분간 망상에 빠진다. 때로는 그것을 글로 뱉어 내며, 때로는 혼잣말로 중얼거리며 나의 현실로 삽입시킨다.

종종 풍부한 망상 활동을 위해 영화를 본다. 일주일에 두세 편은 기본적으로 관람하는데, 영화를 보는 순간만은 모든 것을 잊고 그곳에 나를 맡긴다. 나는 어느덧 주인공이 되고, 스토리의 흐름을 장악한다. 이렇게 몰입하면 재미없는 영화는 단 한 편도 없다. 내가 경험할 수 없는 현실을 배우들이 대신 해 주니 매번 새로울 수밖에 없다.

어떤 날은 두 편을 연속적으로 관람하는데, 두 스토리를 머릿속으로 짜깁기하면 더욱 재미있다. 그 순간만은 내가 연출자가 되고 망상의 향연을 자유자재로 즐긴다. 평범한 일상을 살아 내는 직장인, 별 볼 일 없는 글을 쓰는 내게 영화는 활력소이자 상상력 저장고다. 그런 영화가 어느 순간부터 무서워졌다. 나도 모르게 영화와 현실을 구분하지 못해 어긋난 행동할 가능성이 점점 농후해지고 있기 때문이다.

멋지게 은행을 터는 노인을 보는데, 용기가 생겼다. 나도 할 수 있지 않을까? 딱 세 번만 시원하게 털면 지금의 삶으로부터 해방인데. 별별 생각이 다 들고, 주변 사람들에게도 농담 반 진담 반으로 던지기 시작하며, 어느덧 종이에 말 같지도 않은 계획을 적기 시작하면 정신이 번뜩 든다. 이러다 성격 급한 내가 당장이라도 행동으로 옮기면 어떻게 될까.

잘생긴 주인공은 어찌나 싸움을 잘하는지 웬만해서는 한 대도 맞지 않고 상대를 무너뜨린다. 사실 저 정도는 나도 할 수 있다는 오기가 생기고, 괜히 지나가는 사람들을 뚫어져라 노려본다. 혹여나 누가 내게 잘못이라도 하면 당장이라도 때려눕힐 기세.

그런데 이 정도 되면 영화를 봐서는 안 되는 미성년자 수준 아닐까. 그래도 나는 잠보다는 망상을 택할 것이며, 윤택한 망상을 위해 꾸준히 영화를 볼 것이다. 그러다 보면 나도 언젠가는 영화처럼 살 수 있지 않을까. 현실에서 이루지 못하더라도 영화 같은 삶을 세뇌시켜 그것이 사실이라 여기면서.

생각보다 뇌는 단순하고, 생각보다 행복은 가까이에 있다.

깊 은

마 음

∧
∧

나이가 들수록 지식과 의지가 일치되지 않는 상황을 경험한다.
지적 능력은 계속해서 발달하지만 의지에 따른 행동은 역행하는
기분이다. 인간의 오만함이 성찰의 눈을 희미하게 만들어 가고
있는 것이다. 이를 두고 김우창 교수는 '깊은 마음'을 회복하라
고 말한다. 그렇다면 '깊은 마음'은 과연 무엇일까.

삶의 목표를 점검하기보다는 아파트 평수를 점검하는 속물이 되
었고, 한때 나의 신앙과도 같았던 이데올로기에 관심이 뚝 떨어

졌으며, 상대가 화를 내면 더 큰 화로 상대를 제압하는 폭군이 되었고, 절체절명의 위기에 빠진 친구가 돈을 빌려 달라고 아우성쳤지만 단박에 거절했고, 지하철에서 구걸하는 사내를 보고 더이상 마음이 동하지 않았고, 담배 피우고 있는 청소년을 보면 화가 치밀어 올랐지만 지금은 사정이 있으리라 추측하고, 비싼 돈내고 배운 이론을 현장에서 제대로 활용하기보다는 아무 일 없이지나가길 두 손 모아 기도하는 처지가 되었다.

지식과 의지의 거리는 점점 더 멀어져만 가는데 마음을 회복할 길이 보이지 않는다. 더욱이 '깊은 마음'을 삶의 영역에 대한 고민의 부피가 크며 누군가의 본(本)이 되는 일생의 전제 조건이라고가정할 때 앞길은 캄캄하기만 하다.

타임머신을 타고 과거로 돌아가는 편이 오히려 '마음'을 쉽게 회복할 수 있는 방법이라는 생각이 든다. 또 한 가지 방법이 있다면내 사악한 의지를 들키지 않기 위해 말수를 줄이는 것이다. 애초부터 깊은 마음은 노달의 영역이 아니라 선망의 가치였는지도 모른다. 아니, 그렇다고 믿으련다.

그 녀 가 웃 으 면

나 는 꿈 꾼 다

^
^

그녀는 오늘도 환한 미소를 짓고 있다. 내가 집에 도착할 때를 맞춰 따뜻한 밥상을 준비하느라 그녀의 얼굴에는 땀이 송골송골 맺혀 있다. 그런 그녀를 뒤로 한 채 소파에 퍼질러 앉아 긴 한숨을 내쉰다.

오늘 반찬은 뭐야?

된장찌개, 호박전, 소시지구이……

맛있겠다. 얼른 같이 밥 먹자.

응, 조금만 기다려. 다 되어 갑니다.

응당 누리는 보상처럼 밥을 기다린다. 식당에서 메뉴를 주문하듯 십 분 내지 이십 분이 지나도 준비되지 않으면 조금 다그치기도 한다. 그때마다 그녀는 준비된 반찬으로 먼저 한 술 뜨라고 배려해 준다. 나는 귀찮다는 듯이 함께 먹자며 손사래 친다. 배가 덜고픈 모양인지 쓸데없는 지조를 부리며 소파와 한 몸이 된 나는 밥 준비를 기다리는 명목으로 스마트폰을 한껏 만지작거린다. 배가 점점 불러오는 그녀 옆에서 반찬통이라도 까는 시늉을 하면 좋으련만 마음처럼 몸이 따라 주지 않는다.

이제 준비 다 됐어. 부엌으로 와요.
그래, 지금 갈게. 이제 정말 배고프네.

한상 푸짐하게 차려진 식탁을 바라보고 있자니 오늘 하루가 괜히 보람차다고 느낀다. 나는 초스피드로 음식을 입 안에 구겨 넣는다. 이것도 맛있고 저것도 맛있고, 계속 먹어도 자꾸만 손이 간다. 그녀는 먹는 둥 마는 둥 내가 먹는 모습을 목 빠져라 바라보고 있다.

오늘 별일 없었어?

응, 오늘 그냥 그랬어. 겨우 하루 또 버텼지 뭐.

오늘은 동동이가 기분 좋은지 자꾸 움직였어.

그랬구나. 이제 동동이가 정말 열심히 태동하네.

밥을 다 먹고 곧장 서재로 가서 노트북을 펼친다. 해야 할 공부가 있고, 써야 할 글이 있기에 오늘도 나만의 시간을 갖는다. 나는 정말 열심히 살고 있노라며 스스로 자부하며 회심의 미소를 머금는다. 오 년 후, 십 년 후면 하늘의 별을 따오듯이 목표를 성취해 가고 있겠지. 생각만 해도 짜릿하다.

(슥삭슥삭 슥삭슥삭)

오늘도 캘리그라피를 해?

응, 하루에 하나씩 보면서 쓰고 있어.

그래, 그거 하면 여러모로 좋겠네. 재밌어?

그녀는 결혼 전 다문화 가정 청소년들을 가르치는 선생님이었다. 결혼하고 얼마 후 임신하면서 학교를 그만두었다. 배는 불러왔고, 그녀의 꿈은 저만치 달아났다. 그녀가 하루 중 가장 많이 하는 고민은 내 저녁 밥상 메뉴이며, 하루 중 가장 말을 많이 할 때는 퇴근 후 저녁 식사 시간이었다. 그녀에게는 그것이 전부였다. 오 년 후, 십 년 후를 상상해도 똑같은 일상이었다.

뭐 필요한 거 없어?

없어.

대학원이라도 다니지?

애기 곧 태어나는데 안 되지.

뒤늦게 생각하는 척 애써 챙겨 보지만 내가 할 수 있는 게 하나도 없다. 그녀는 여전히 창창한 이십 대이며 꿈 많은 소녀인데 어찌 이렇게 방구석에만 있단 말인가. 직장에서 피곤한 하루를 보냈다며 스스로를 위로하던 나 자신을 반성하고, 하루 종일 집에만 있어야 했던 그녀의 상황을 묵상해 본다.

아침 식사 설거지를 하고, 동동이를 위해 태교를 하고, 스마트폰을 만지며 재미있는 영상을 찾아보고, 저녁 식사 메뉴를 고민하다가 마트에서 장을 보고, 친구에게 전화를 걸어 수다를 떨다가, 청소를 하고, 어두워지는 하늘을 쳐다보며 저녁 식사를 준비한다…….

이것이 반복되는 그녀의 일상이었다. 나는 답답해서 단 하루도 버티지 못할 일정이었고, 어디에서도 보람을 찾을 수 없는 순간들이었다. 그녀가 있기에 내가 있을 수 있으며, 내가 벌어들이는 월급은 내가 한 일이라기보다는 우리가 만들어 낸 성과였다. 이 모든 사실을 깨닫고 나지막이 읊조려 본다.

이렇게 내가 철드나 봐. 우리 같이 꿈꾸고 함께 세상을 누리자.

혹여나 그녀가 들었을까 봐 부끄러운 마음에 후다닥 침대로 향한다. 그녀는 영문도 모르고 또 다시 환한 미소를 보내온다. 나도 함께 웃는다.

그렇다. 모름지기 부부란 서로가 서로를 위할 때 아름다운 것이다. 아내는 남편의 도구가 아니며 남편 또한 돈 버는 기계가 아니다. 어느 한쪽도 희생양이 되어서는 안 된다. 우리는 아름다운 가정을 가꾸기 위해 각자 다른 역할을 수행하고 있다. 그녀가 웃을 때 나도 웃고, 내가 웃을 때 그녀가 웃는 내일을 꿈꾼다.

하 늘 이

에 게

^
^

보고만 있어도 좋다. 아니, 보고 있어도 보고 싶다.(정면을 보고 있으면 왼쪽을 보고 싶고, 왼쪽을 보면 위에서 보고 싶은.) 갑자기 미소를 지으면 나는 박장대소한다. 작은 손이 내 집게손가락을 감쌀 때 감격이 몰려온다. 완두콩 같은 발가락을 만지면서 아직까지 꿈인지 생시인지 분산하지 못하는 얼간이가 된 나를 발견한다.

옹알이를 하면 이제 대화를 할 수 있다며 설레발치고, 내 무릎을 발판 삼아 우뚝 일어서면 장군감이라고 고함지른다. 나는 참지 못하고 볼에 넘치도록 뽀뽀해서 뺨에 침이 한가득이다. 그러다 이유 없이 목청 터져라 울면 한시라도 빨리 울음을 그치게 하려고 애간장이 탄다. 앉았다 일어서고, 노래를 부르고 장난감까지 동원한다. 그래도 멈추지 않으면 때때로 이상한 소리도 낸다. 잘못 들으면 굿하는 사람으로 오해받을 수 있다. 자세히 들으면 무슨 주문을 외우는 사람 같아서 무섭다.

누군가 흉본다고 해도 편히 잠드는 게 급선무다. 아기는 주문에 취해 꿈나라로 떠난다. 자고 있는 모습을 보면 양팔을 벌리고 세상을 품는 형상을 하고 있다.

큰일을 하지 않아도 이미 넌 우리에게 너무도 큰 존재야. 태어나 줘서 고맙고, 세상을 품기 전에 육신의 어머니를 돌아보는 사람이 되거라. 벌린 두 팔로 어머니를 꼭 안아 주는 멋진 남자가 될 거라고 믿는다.

아 빠 의

청 춘

ㅅ
ㅅ

출근하는 아침, 강풍을 뚫고 차에 오르는데 갑자기 '아빠의 인
생'이라는 가사가 떠올랐다. 시동을 걸고 핸드폰으로 검색해 보
니 〈아빠의 청춘〉. 가사 말미에 '아빠의 인생'이라는 단어가 등
장했다.

자식들을 위해 일생을 바치는 아빠의 청춘을 두고 위대하다고 했
다. 위대하다고만 하면 중간에 지칠까 걱정되어 힘내라는 말도
빼놓지 않았다. 가사 자체는 자칫 슬픈 기운이 감돌지만, 모든 상
황을 승화시키기 위해 경쾌하게 작곡되었다. 차 안에서 몇 번 따

라 불렀는데, 눈물이 났다. 경쾌함이 슬픔을 가중시키는 기분.

이 땅의 모든 아빠들의 삶이 그려졌다. 내 인생만 들여다봐도 '브라보'를 몇백 번 외쳐도 과하지 않았다. 이제 시작인데 벌써부터 약해지면 어쩌나. 재빨리 휴대 전화에 저장된 아이 사진을 찾아 한참을 뚫어져라 바라봤다. 이 아이는 아무것도 모르고 나만 믿고 세상에 나왔는데, 마음 약해지는 순간마저 사치라고 생각했다. 아이는 이제 겨우 옹알이하는 수준이라 '브라보'라는 말을 할 줄 모른다. 사실, 나를 아빠라고 부른 적도 없다. 그래서 한동안은 스스로 외쳐 보려 한다.

원더풀 내 청춘.
브라보 내 인생.

달 빛 으 로 도

충 분 하 다

∧
∧

혼자일지도 모른다고 생각했다.

중학교 시절, 이층집 옥탑방에서 멍하니 벽을 바라보면서 외로움
을 배웠고, 이러다 죽어도 아무도 모를 거라고 생각했다.(질풍노
도의 시기라고 단정짓지 말자.) 그러다 오줌이 마려울 때면 일층
에 있는 재래식 공중화장실을 이용해야 했는데, 그곳에는 진귀한
벌레들이 함께 모여 살았다. 거사를 치르면서 그들과 피부를 맞
닿으며 괜스레 평온함을 느꼈다. 그들은 언제나 내 곁에 있었다.

하지만 그들도 나로 인해 외로움을 달랠 수 없듯이 나 또한 잠시 잠깐의 평온함을 만끽한 후에는 거친 외로움을 다시 맞이해야 했다. 사람들은 내게 한창 좋을 때라고 입버릇처럼 말했지만 난 그때 왜 그렇게 불행했는지.

세상이 온통 까만색이면 좋겠다고 생각했다. 빛이 없으면 서로 잘 볼 수 없고, 판단할 수도 없고, 그러면 느낄 수조차 없을 테니. 느낄 수 없다면 외롭지도 않을 텐데. 그래서 언젠가부터 불을 끄는 습관이 생겼다. 전기를 절약한다는 명분 아래 미친 듯이 불을 끄고 다녔다. 주변에서는 기특하다고 칭찬했고, 내 눈은 나빠졌다. 안경은 필수품이 되었고, 어둠은 내 삶의 빛이 되었다.

그렇게 어른이 되었고, 월급을 받는 성실한 세금 납부자가 되었다. 오늘도 퇴근 후 어두운 곳에서 글을 쓴다. 그리고 내가 살아있음을 느낀다.

퇴사 상담소를

열었습니다

ᐱ
ᐱ

석사 과정으로 상담심리학을 공부했는데 마땅히 써먹을 곳이 없었다. 이럴 줄 알았지만 전공을 상담심리학으로 한 이유는 '좋아서'였다. 당시 나를 뜯어말렸던 회사 선배들은 경영학이나 교육학 석사를 권했지만, 그들을 통해 오히려 내 결정을 확신하는 계기가 되었다. 이릴 적부터 내 고집대로 살기를 원했던 나는 사회인이 되어서도 변함이 없었다.

상담심리학을 공부하는 내내 행복했다. 사실 학부 때부터 관심 있던 전공이었는데 주변에서 취업이 잘 안 된다고, 돈 벌기 힘들다며 넌지시 겁을 주기에 그만큼 겁을 먹었다. 당시 나는 취업 시장 앞에 어린 양이었다. 그때의 수치심을 잊지 않고 직장 생활을 하면서 야간에 공부했다. 아침에 눈이 떠지지 않을 정도로 육체적으로 힘들었지만, 그 시간만은 내가 인생의 주인이라는 생각에 즐겁게 졸업할 수 있었다.

그리고 얼마 전, 개인 블로그에 카테고리를 만드는 수준이지만 온라인으로 퇴사 상담소를 개소했다. 전국 어디에도 퇴사 상담소는 없었기에 퇴사 경험이 많은 내가 퇴사 상담사를 자처했다. 상담은 무료였고, 한두 명씩 신청하기 시작했다. 그들과 대화해 본 결과, 역시나 또라이 직장 상사 때문에 퇴사하려는 경우가 다반사였고, 간혹 직무가 맞지 않거나 새로운 도전을 위해 퇴사를 준비하는 이들도 있었다.

인수인계는 다 해놓고 가라는데 언제 퇴사하는 게 맞을까요?
퇴사 통보 후 한 달 내로 정리하는 게 일반적이지요.
근데 사람 채용할 때까지 기다렸다가 최소 일 분기는 더 하고 가라는데…… 저는 그냥 바로 퇴사하고 싶은데…….

개중에 마음 약한 이들은 회사를 걱정하느라 퇴사를 미루는 경우도 있었다. 일부 몰상식한 회사는 이를 악의적으로 이용해 정당한 대우는 해주지 않은 채 사람을 붙잡아 두기만 한다.

퇴사는 죄가 아니다. 퇴사는 개인의 권리이며 새로운 시작이다. 물론 회사에게도 새로운 기회가 될 수 있다. 이 땅의 기업들은 유교 사상의 영향을 받은 탓인지 여전히 한 곳에 진득하게 일하는 사람을 선호하는 경향이 있다. 하지만 이제는 '퇴사'를 직장인의 문화 중 하나로 인식하는 게 옳다고 생각한다. 회사는 누군가를 평생 책임져 주지 않기 때문이다.

직장인은 때에 따라 필요에 따라 훨훨 날아갈 수 있는 철새가 되어야 한다. 그래야 개인도 회사도 건강할 수 있다.

첫 퇴사라 고민이 많았는데 진심 어린 조언 덕분에 정말 정말 많이 도움이 됐어요. 감사합니다. 앞으로 퇴사 상담소가 계속 잘 운영되면 좋겠습니다.

등록금이 아까웠는데 이 한 문장으로 '상담 심리학'은 역할을 다한 것 같다. 앞으로도 상담소는 계속 운영될 것이다.

＊

사춘기도 아닌데 자꾸만 여드름이 납니다. 일하면서 공부도 하고 짬을 내어 글까지 쓰려는 욕심이 저를 못 자게 하기 때문입니다. 이러다 다 놓치는 건 아닌지 두렵기도 하지만, 한 번 사는 인생 꽉 채워 살자고 다짐합니다. 그래서인지 사람들이 주말에 잘 쉬고 왔느냐고 물어보면 선뜻 답하지 못합니다. 때로는 '아니요'라고 크게 외쳐 봅니다. 상대는 그게 장난인 줄만 알고 웃습니다. 저는 진심이기에 웃지 않습니다. 민망할 정도로.

때때로 능력도 없는데 욕심만 많아서 스스로 피곤하게 하는 건 아닐까 생각해 봅니다. 맞는 것 같습니다. 한 번에 많은 것을 소화하며 하는 일마다 탁월하게 처리하는 이들과 확실히 저는 다릅니다. 하지만 퍼즐을 맞추듯 부족한 조각들이 모여 훗날에는 완성된 작품이 될 수 있으리라 생각합니다. 혹여나 그러지 못한다 할지라도 후회는 없습니다. 그 과정에서 저는 충분히 행복했을 테니까요.

책 제목이 '상처 받고 싶지 않은 내일'이지만 앞으로도 여전히 상처는 존재할 것이라 생각합니다. 상처는 있을 테지만 그것을 맞이하는 모습이 달라져야 할 테지요. 지금까지 온몸으로 받아 냈다면 이제는 피할 줄도 알고 때로는 상처 받지 않은 척 연기도 해봅니다. 그러면 애초에 상처 따위는 없었던 것처럼 여겨지기도 합니다. 또 한 가지 터득한 비법은 정신이 기억하지 못할 정도로 바쁘게 살면 상처 받을 일이 없다는 겁니다. 한 가지 사건을 오랫동안 생각하지 못하도록 일로써 차단하는 겁니다. 물론 건강한 방법은 아니지만 효과가 있으니 자꾸만 사용합니다.

상처 받은 날 썼던 글들이 모여 책이 되었습니다. 제 이야기로 당신의 상처가 조금이나마 치유된다면 이 책은 값어치를 했다고 생각합니다. 상처가 혹시 덧났다면 제게 이메일을 보내 주세요. 당신을 위해 다시 글을 쓰겠습니다.

당신의 꿈을 어루만지는

삶이기를

)*

상처받고

싶지않은

내일

삶이 버거워 기대고 싶은 날

그
래
도
꿈꿔야 할
내일을 위하여